AF289768

DET HÄNDER
PÅ
SKALLEHOLM

Förlag: BoD – Books on Demand, Stockholm, Sverige

Tryck: BoD – Books on Demand, Norderstedt, Tyskland

ISBN: 978-91-7699-155-8

INNEHÅLL.

NAMNGIVNA PERSONER SOM

SOM FÖREKOMMER.

Diedrik Skalle, greve, fideikommissarie, chef för Slottsförvaltningen på Skalleholm. Envis som synden och uttalar haranger på tyska.

Elisabeth *f.* **Gyldenclou**, friherrinna, gift med greve Diedrik. Barsk och kräver underdånighet.

Winnar Skalle, greve och äldste son till greve Diedrik o friherrinnan Elisabeth. Hortonom och intresserad av växtforskning. Uppfinnare.

Molly *f.* **Black**, född i England och gift med Winnar.

Kal och Per, söner till Winnar och Molly.

Knut Skalle, greve och yngste son till greve Diedrik o friherrinnan Elisabeth. Kallas för *Kneppen* inom familjen och är en kopia av sin far. Är bosatt på Skallstavik.

Catharina *f. af* **Bäfverskjöld**, gift med Knut.

Esmeralda Skalle, grevinna och dotter till greve Diedrik o friherrinnan Elisabeth. Agronomutbildning i Tyskland.

Balthasar *von* **Scheisenberg/Konradsberg**, greve och gift med Esmeralda.

Maxfred Hieronymus, son till Esmeralda och Balthasar.

Mitt Jägermeister, jägmästare och chef för Skogsförvaltningen.

Vidar Åkerfeldt, agronom och chef för Lantbruksförvaltningen.

Viola Blom, hortonom och chef för Trädgårdsförvaltningen. Odlar väldoftande exotiska växter med magiska krafter.

Kottfrid Grangren, skogvaktare på Skalleholm.

Talla, gift med Kottfrid.

Barra, dotter till Kottfrid och Talla.

Sly, son till Kottfrid och Talla.

Mister Jones, butler på slottet.

Fru Tossa, husfru på slottet. Dominant och fordrande till sättet. Ogift.

Anna, kallas *Damma* av alla och är slottsstäderska.

Mina, piga på slottet.

Dina, piga på slottet.

Matilda, kokerska på slottet.

Ivar, kusk och ansvarig för slottsegendomens hästar, kärror och vagnar.

Jean Cabus, skeppare ombord på ångslupen Skallina. Har franskt påbrå.

Jeanette, gift med Jean Cabus.

Klinga, kallas för *Taggen* och är ansvarig för sågen. Mindre omtyckt av alla.

Veke Planta, en av medarbetarna i trädgårdsgruppen.

Kalfred Bjesse, en reslig och kraftfull man som kallas för *Jätten* och arbetar vid kvarnen och i stenbrottet.

Bita Knuth, föreståndarinna vid vävstugan.

Pigge Fikonkvist, trädgårdmästare och ansvarig för några av växthusen. Specialist på kaktusar.

Boerje Smide, smed bördig från Gotalandsön.

Candu Smide, gift med Boerje.

Sten Brottare, stenhuggarmästare vid stenbrottet.

Rubin Facett, konstnärlig stenhuggare.

Walle Skrakrede, fågelskådare.

Pontiac *af* Lefverkusen, baron på Willingehus.

Aldrik *von* Ludenstrahl, greve.

Sten Marklund, agronom och chef för ortens lantbruksnämnd.

Leidar Styren, professor och sakkunnig i lant- och skogsbruksfrågor på ortens lantbruksnämnd.

Lager Blad, förvaltare på Skallstavik och senare anställd som inspektor på Skalleholm. Idérik.

Filemon Kråkenhielm, godsägare på Kråksta herrgård.

Baldwin Skull, greve och bror till greve Diedrik. Bosatt på slottet Skullmoor i England.

Fiolina, grevinna gift med Baldwin.

Plumber, "rörmokare" mm. Anställd på det engelska slottet.

Kornelis Fleur, kallas för *Blomman* och är mjölnare. Har franskt påbrå.

Mehla, gift med Kornelis.

P.O.I. Roth, länsman.

SKALLEHOLMS SLOTT OCH DESS OMGIVNINGAR.

Mitt i Svealand ligger det stora godset Skalleholm. Huvudbyggnaden är ett gult barockslott med tre våningar. I anslutning till slottet finns fyra flyglar. Två av dessa flankerar entrén till slottet och har två bostadsvåningar var. De andra två flyglarna är belägna på baksidan av slottet och vetter mot den långsmala insjön Skallen. Mellan dem löper ett högt järnstaket med stora och höga, delvis förgyllda, portar. Utanför skymtar man en stor träbrygga som sticker ut i sjön Skallen. På slottets framsida ser man den magnifika entrén med en dubbel ekport omgiven av två höga kolonner. Framför byggnaden, mellan frontflyglarna, finns en grusplan med en gräsbevuxen rundel i mitten och ett stort rostigt solur. Mitt i rundeln ser man en fontän med en kvinnoskulptur som håller ett krus ur vilket det sipprar en vattenstråle ner i en mindre bassäng med röda näckrosor. Utefter kanten ses några grönskimrande grodor i brons. Till slottsplanen leder en grusad väg omgiven av fullvuxna, tuktade lindar. På båda sidor om vägen utbreder sig stora gräsytor, slottsparken, som pryds av ett antal stenstatyer i ett oregelbundet mönster. Mellan dem finns blomsterplanteringar och flera mindre, låga häckformationer. Snett bakom slottet, invid Skallen, finns ett stort orangeri och ett antal växthus och trädgårdsodlingar i anslutning. Strax bortom dessa ligger trädgårdsförvaltarens och trädgårdsmästarens bostäder, två stora gula tvåvåningshus.

En bit bort ligger själva gårdscentrum som bildar en stor fyrkant av rödmålade träbyggnader. En sida är ladugården med utrymme för ett drygt hundratal uppbundna mjölkkor samt ett stall för slottsherrens sex hästar. Ovanpå finns en stor höskulle. Angränsande sida utgör gårdens vagnslider med plats för redskap för åker- och skogsbruk. Mitt emot denna finns en högre byggnad som används som foderlada. Den fjärde sidan är avdelad och i den ena delen står alla slottets hästvagnar och den andra är inredd till gårdskontor som består av två våningar. På nedre planet finns ett antal kontorsutrymmen för förvaltarna, rättaren och skogvaktaren. Ett rum är avsett för slottsherren. På det övre planet finns ett större mötesrum och ett kök med matbord. Alla lokaliteter i nedervåningen har ut- och ingångar på husens båda sidor. Mitt på foderladan finns en större passage med välvt tak som ger tillträde till gårdsplanen inne i gårdscentrum. I anslutning har man byggt ett runt annex som är inrett som styckarbod för vilt.

En bit bort finns ett stall för skogs- och lantbrukets hästar och lokal för skötsel av dessa. Här finns också en större byggnad. I ena änden kan man se ett gammalt tröskverk som vid tröskning dras ut och drivs av fyra hästar. I den andra änden finns en stapelplats för spannmålssäckar och lagringsutrymme för halm.

På en intilliggande utgård, Getinge, bedrivs uppfödning av getter vars mjölk levereras till Skalleholms mejeri. På en annan utgård, Noeffsta, i närheten finns en storskalig grisavel.

En bit från gårdscentrum ligger en by med ett antal bostäder för många av egendomens anställda. En del av husen är fristående med trädgårdstäppa, andra är parhus och de ligger mitt emot varandra utefter grusvägen som leder upp till slottet. Området kallas för Skalle by eller bara byn. Strax intill skymtar man ett äldre rödmålat hus som är bostad för skogvaktaren och hans familj.

Till slottsegendomen hör också, förutom ett par utgårdar, ett 30-tal utarrenderade jordbruksfastigheter som återfinns i utkanten av egendomen.

C:a tusen hektar skog tillhör egendomen och har skiftande trädbestånd i olika åldrar. Skogen är indelad i tio olika storskiften och på ett av dem finns ett sågverk som ligger invid en forsande å, Skalleån, som mynnar ut i Skallen. Här har man installerat ett mekaniskt system som gör att vattenkraft utnyttjas för sågverkets drift. Utefter ån har man planer på att bygga ett turbinsystem som förhoppningsvis skall leverera el till alla fastigheter och bidra till uppvärmning av slottet i framtiden.

Hela åkerarealen utnyttjas för olika grödor och som betesmark. Förutom de vanliga sädesslagen finns en specialodling av *Afrocia* som är en importerad växt. En stor del av spannmålen transporteras till egendomens kvarn som drivs av vattenkraft från Krokån, som även den terminerar i Skallen. Havre och korn mals till djurfoder och övrig spannmål mals till mjöl som sedan saluförs i en gårdsbutik i byn.

På egendomens mark finns även en gammal kyrka som enbart utnyttjas för bröllop och dop. Den är byggd av sten som är tagen från ett gammalt stenbrott en bit bort. Elektricitet saknas och vid ceremonierna används endast stearinljus och fotogenlampor.

Strax utanför byn finns ett gårdsslakteri och ett mejeri. Omfattande osttillverkning med unika jästkulturer sker här. Mjölkrodukterna lagras och säljs sedan i gårdsbutiken och på marknader. Egendomens hemmaproducerade rökta korv är en mycket eftersökt vara.

Granne med mejeriet ligger ett lågt, uråldrigt och omålat trähus som saluför diverse souvenirer. Framför allt finns här hemstickade produkter och snidade trä- och benfigurer som tillverkats av egendomens skogvaktare. Intill ligger även sidenväveriet som ibland väver bonader till det kungliga slottet.

Skalleholms egendom utgörs av fyra förvaltningar. Slottsförvaltningen leds av greve Diedrik Skalle som är egendomens fideikommissarie. Trädgårdsförvaltningen leds av hortonomen Viola Blom, lantbruksförvaltningens chef är agronomen Vidar Åkerfeldt och över skogsförvaltningen basar civiljägmästaren Mitt Jägermeister. De båda senare bebor var sitt vitrappade tvåvåningshus, vart och ett försedd med två låga flygelbyggnader med tomt ned mot Skallen.

Själva slottet är ett stort, rektangulärt gulmålat trevåningshus med framskjutande mittpartier och säteritak. På detta ser man ett resligt klocktorn. En trappa upp är bostads- och paradvåningen. Den stora salen, riddarsalen, går tvärs över huset och i det höga, välvda taket kan man se omfattande landskapsmålningar. Väggarna pryds av gobelänger med invävd guldtråd och stora inramade porträtt av tidigare slottsägare, höga militärer och kungligheter. Till vänster om salen ligger en svit av rum som tidigare kallades grevens svit som nu används av greve Diedrik och hans fru som privatbostad.

Där finns två sovrum och fyra gemak, varav ett används som arbetsrum. På den andra sidan om salen finns ett antal rum i fil där bland annat ett långsmalt rum utefter gaveln utgör slottets bibliotek. De flesta av rummen har italiensk stuckatur i taken och många har minst en boaserad vägg. I flera av slottets rum finns öppna spisar eller kakelugnar av varierande storlek och utsmyckning. Över alla spegeldörrar finns dörröverstycken som har olika motiv hämtade ur naturlivet som man uppfattade det under svunna tider.

På den översta våningen finner man ett antal rum på var sida av en lång korridor. De flesta av dem är inredda som gästsovrum och är rikt utsmyckade med väggpaneler av ädlaste trä, sidentapeter, spetsgardiner och stilmöbler. Många av rummen har en ståtlig dubbelsäng med sänghimmel i olika ljusblåa eller rosa nyanser. I ena änden av korridoren finns en svit som kallas för kungasviten med sovgemak, frukostrum, läsrum och salong.

På bottenvåningen, till vänster om entrén, finner man det stora slottsköket som är utrustat med två stora vedspisar, förvaringsskåp, bänkar och hyllor. I mitten finns ett stort ekbord och utmed gaveln en diskavdelning. Ett antal kallförråd ligger i anslutning till köket liksom sovrum och arbetsrum för kokerskan Matilda. Övrig slottspersonal bebor den ena av flygelbyggnaderna som vetter mot Skallen. Här har husfrun, fru Tossa, och butlern, mister Jones, var sin lägenhet om två rum vardera. Övrig personal som också bebor flygeln är slottsstäderskan Anna, kallad Damma, pigorna Mina och Dina samt kusken Ivar.

Den andra sjöflygeln är inredd med en enkel badavdelning bestående av en dåligt fungerande vedbastu, ett par badkar, omklädningslokaliteter och ett avslappningsrum.

Vid bryggan ligger sommartid den gamla lustjakten Skallina, som sköts och körs av den franskfödde skepparen Jean Cabus. Han bor med sin familj i ett lite större ombyggt båthus och är granne med agronomen Vidar Åkerfeldt. Skallina är en ångslup med salong för 10-talet passagerare och ett pentry. Enligt Cabus tar det 2 – 3 dagar att förbereda slupen för en lusttur i det vackra vattenlandskapet med sina många slussar.

Skepparens hustru, Jeanette, städar och lagar maten ombord. Hon tillagar slupens speciella "beuf scalaire" som är en väl tilltagen ångbåtsbiff med fransk potatis och en mustig sås med smak av gul afrocia.

Kusken Ivar sköter alla slottets hästar, hästdragna vagnar och kärror. Han tvättar och putsar på vagnarna vare sig det behövs eller inte. Slottsherren har ofta påpekat att han sliter ut färgen och guldornamenteringen. Men Ivar försäkrar att den risken inte finns och att han är mån om att hästar och fordonen alltid befinner sig i yppersta skick.

SLÄKTEN SKALLE.

Skalleätten går minst 400 år tillbaka. Egendomen lyder under fideikommisslagen där den äldste sonen ärver. Den förste i ätten som bebott Skalleholm var generalen greve Wildemar Skalle som gifte sig med enda barnet Meja, född Gripenstråle, född på slottet. Herresätet togs sedan över av deras son greve Tok Skalle som var gift med den förföriska hovdamen Nicke, född Docka. Därefter ärvdes det av upptäcktsresanden greve Nick Skalle, gift med Helena född Skoena. Näste ägare var hovadjutanten greve Flint Skalle, gift med den tyska hertiginnan Stora, född Franken-Stein. Greve Flint dog några år efter tillträdet och efterträddes av den nuvarande ägaren, greve Diedrik Skalle. Han är gift med friherrinnan Elisabeth född Gyldenclou och de har tillsammans tre barn, Winnar, Esmeralda och Knut. Winnar är gift med den engelskfödda Molly (född Black) och bor i en av flyglarna framför slottet. De har två söner, Kal och Per. Esmeralda studerar på ett Universitet i Tyskland. Knut, som allmänt kallas för Kneppen, driver egendomen Skallstavik i Götaland. Greve Diedrik har två bröder, greve Papp som bor på Skalltuna i Svealand och count Baldwin Skull som är slottsherre på Skullmoor Castle i England.

Greve Diedrik Skalle är en ganska kortvuxen och spänstig man i sextioårsåldern. Han har ett hetsigt och otåligt temperament och drar sig inte för att skälla ut folk i sin närhet med sin vassa och pipiga röst. Han har utbildat sig i lant- och skogsbruk vid ett tyskt universitet och leder alla lantliga aktiviteter på Skalleholm. Han har bestämda åsikter om allt som rör verksamheter inom och utanför godsets domäner. Karakteristiskt för honom är att han gestikulerar med armarna när han pratar. Ibland är gesterna så yviga att de som står intill honom blir knuffade. När han blir riktigt ivrig rabblar han haranger på tyska.

Grevinnan Elisabeth eller friherrinnan som hon vill bli kallad, är betydligt längre än sin man och går alltid klädd i svart, pärlbroderad långklänning och bär ett flertal guldsmycken runt halsen och handlederna och har stora diamantringar på flera fingrar, pärlsmyckade glasögon och iögonfallande örhängen. Hon har en stark, djup röst som överröstar det mesta. Det sägs att hon är yngre än sin man. Men man kan ana rynkor under det kraftiga sminket. Tittar man henne i ögonen så vindar hon påtagligt innanför de starka glasögonen. Hon kräver att den kvinnliga slottspersonalen niger när de blir tilltalade och den manliga personalen måste ta av sig huvudbonaden och buga när de tilltalas. Hon tillåter heller inte att bli motsagd och kräver underdånighet.

Äldste sonen Winnar är kortvuxen men kraftigare än sin far och har stor respekt för sina föräldrar men har inte samma dominerade sätt som de har. Han är blyg och pratar inte i onödan. Hans intresse för naturvetenskap har successivt vuxit fram under barnaåren och han spenderar mycket tid i växthusen och diskuterar med trädgårdspersonalen. Han är utbildad hortonom och nyfiken på hur man kommersiellt kan utnyttja produkter från slottets specialodlingar. En av hans vilda idéer är odlingen av *Afrocia*. I anslutning till växthusen har han inrett ett växtlaboratorium där han tillbringar mycket tid med kemiska experiment på blommor och blad från slottsegendomens växtbestånd.

Winnars äldste son Kal går i sin fars fotspår. Han tillbringar avsevärd tid med sin far i växtlaboratoriet när han inte går i skolan. Hans stora passion är kemi och önskar sig alltid kemiböcker i såväl julklapp som födelsedagspresent. Några böcker har fascinerat honom mer än andra och de handlar om kolhydraternas kemi. Han har idéer om att kolhydrater från växtvärlden kan vara framtidens energiförsörjning och också ersätta metall. Winnar tycker att det bara är fantasier och saknar verklighetsförankring.

Winnars yngste son, Per, går i skolan och drömmer om att få studera i England och på sikt bosätta sig där. Han skulle kunna tänka sig bo i ett gammalt engelskt slott, liknande det som farbror Baldwin har och utnyttja de engelska hedarna för odling.

Winnars syster, Esmeralda, läser lant- och skogsbruk på ett
tyskt Universitet och premieras därför av sin far som gjort
detsamma. Hon är lika lång som sin mor och vindar även hon
med ögonen. För att korrigera detta bär hon speciella
glasögon som gör att hon ser ut att ha oproportionellt stora,
stirrande ögon.

Greve Diedrik tycker att hans son Winnar är en svikare mot
släkten. Som äldste sonen förväntas han ta över Skalleholm.
Men Winnar har inte den ambitionen utan tänker sig en
framtid som hortonomforskare och skapa produkter från
växtriket som kan marknadsföras och ekonomiskt bidra till
hans och familjens försörjning.

Friherrinnan tar avstånd från sonen av andra skäl. Hon kan
inte acceptera att han gift sig med Molly som är född i
England och inte är av adlig börd. Molly använder inte
grevinnetiteln då hon förbjudits detta av sin svärmor. De talar
nästan aldrig med varandra och hon är inte så välkommen
inom slottets väggar, vilket gör henne detsamma "under
nuvarande omständigheter" som hon uttrycker det. Hon har
slutat beklaga sig hos Winnar som själv anser att föräldrarna
är synnerligen gammalmodiga. Alla tycker att det hela är
beklagligt och gör att stämningen på Skalleholm är dämpad.

Greve Diedriks yngste son, Knut, är mellanbarn och gift med
Catharina af Bäfverskjöld. Hon är enda arvtagaren till greve
Agaton af Bäfverskjöld och hans stora gods Skallstavik,
allmänt kallad bäverhyddan. Greve Knut är starkt mano-
depressiv, en ärftlig sjukdom inom Skalleätten. Han kallas ofta

för Kneppen. Enligt släktlängden har Skallstavik i en tidigare generation brukats av en i ätten Skalle, greve Tok Skalles bror Lång, gift med brasilianska furstinnan Panta Mera. Tyvärr fick de inga barn och egendomen såldes till greve Agaton af Bäfverskjöld.

Kneppen har helt nyligen tillträtt egendomen och tillsammans med Catharina bebor de slottet på Skallstavik. Byggnaden är av trä och påminner om ett sagoslott med tinnar och torn beläget vid stranden av Västerhavet.

DET ÅRLIGA KRÄFTFISKET.

Traditioner är mycket viktiga på Skalleholm. En sådan är kräftfisket med efterföljande festlighet i slottsträdgården. Det börjar med att man förbereder sig genom att ta fram kräftburarna och staplar dem i tre mindre furuekor. Tre personer utgör besättningen i varje båt. Vid solens nedgång ror man ut i Skallen för att placera ut burarna. Dessa är betade med ekorre som levererats av skogvaktaren Kottfrid Grangren, allt enligt traditionen. Han är också med i en av båtarna och underhåller med att berätta om hur han sökt efter ekorrarna och hur han fångat in dem med hjälp av snaror som hans företrädare tillverkat för hundra år sedan.

I en annan av båtarna sitter greve Diedrik och pekar ut över vattnet för att tala om var burarna skall sjösättas. Hans gälla röst skär genom sjölandskapet och skrämmer ett antal ådor på flykt. Dessa har grupperat sig en bit därifrån för att avvakta senare avfärd till varmare nejder. När greve Diedrik viftar med armarna så träffas en av burarna som faller överbord. Han reser sig då och beordrar stalldrängen som ror båten att hoppa i vattnet och hämta tillbaka buren. Denne påpekar att han inte är simkunnig. Men greve Diedrik insisterar. Vidar Åkerfeldt, som sitter i angränsande båt lyssnar på konversationen och säger till slut att han överlåter en av sina burar till greven för att lugna ner situationen. Men han insisterar på att få tillbaka sin bur och påpekar att just denna bur var försedd med hans adelsmärke och måste räddas till varje pris. Vidar svarar då att det i hans bur finns en turkrona. Greve Diedrik tystnar för ett ögonblick och undrar varför han har det.

"Jo", säger Vidar, "därför att jag alltid får de största kräftorna och det beror på turkronan."

Greve Diedrik ber att få titta på buren. Han granskar den noga i botten men hittar ingen turkrona. Han blir bestört och anar att han har blivit lurad. Vidar får en rejäl utskällning och han kastar tillbaka buren. Oturligt nog hamnar även denna bur i vattnet och greve Diedrik tittar över relingen när den sjunker mot djupet. Sedan tittar han upp mot Vidar med en undrande blick. Vidar uppvisar en allvarlig min och säger till greve Diedrik att turkronan var fäst i taket på buren och inte i botten. Han får ingen kommentar och greve Diedrik sätter sig i båten igen och förblir tyst.

Så har de kommit fram till platsen för isättning av burarna. Greve Diedrik pekar och gormar hela tiden och burarna förses med rep och boj och sänks mot sjöbotten. Skymningen faller på och det börjar bli svårt att se varandra från båtarna. Tystnaden har lagt sig över sjön och man hör bara ljudet från plasket av årorna och när burarna lämpas överbord. Vidar, som tagit med sig en plunta för att stärka sig, tar några rejäla klunkar och börjar nynna svagt på en gammal melodi. Ljudet når greve Diedrik, som skriker ut att det skall vara tyst vid isättningen. Eftersom Vidar inte bryr sig fortsätter han och höjer rösten ytterligare. Nu bli greven riktigt förbannad, reser sig i båten för att om möjligt kunna se vem som för oväsen. Så händer det som inte borde hända, han snubblar till och ett plums ekar över sjön. Han plaskar och slår med armarna och ropar på hjälp. De övriga i besättningen på båten försöker ta tag i grevens viftande armar men misslyckas. Plötsligt blir det alldeles tyst. Vidar, som anar oråd ber sin roddare att ta sig till grevens båt. Plötsligt ser han en skugga i vattnet, greppar en krok som finns ombord och hakar fast i skuggan och halar den ombord. Det är greve Diedrik. Han pumpar på bröstkorgen och lyssnar emellanåt om andningen kommer igång. Så plötsligt öppnar greven ögonen, stirrar på Vidar men förmår inte få fram något ljud. Alla båtarna tar sig med ilfart till bryggan. Fyra av besättningsmännen lyfter upp greven och springer mot slottet. Då sprattlar han till och lösgör sig från sina räddare och börjar skälla ut dem. Drypande av vatten och på stapplande ben tar han sig till slottet.

De flesta av burarna hann de få i vattnet innan incidenten inträffade. Lågmält förtöjer de båtarna och lämnar bryggan. Några av dem kan inte dölja sin skadeglädje utan småler för sig själva. Vidar tömmer sin plunta och undrar vad greve Diedrik kommer att säga nästa dag.

Tidigt följande morgon är det dags att åter bege sig ut med båtarna för att dra upp burarna. Vidar knackar på slottsporten för att höra om greven skall följa med. En av kökspigorna öppnar och förklarar med ett stort leende att greve Diedrik är opasslig och avstår vidare kräftfiske. Vidar nöjer sig med detta och beger sig till sin båt. Efter ett par timmar återkommer båtarna från fisket och burarna travas upp på bryggan. Vidar konstaterar att fångsten blivit över förväntan och samtliga fiskare hjälps åt att plocka ur kräftorna. De placeras i en stor tunna som sedan transporteras till trädgårdsmästeriet. Här har Viola Blom och slottets kokerska, Matilda, förberett kokningen. De färdigkokta kräftorna får sedan svalna i en närbelägen jordkällare.

Snart är det dags för den stora kräftfesten till kvällen. Alla anställda på godset är inbjudna att delta. Man har placerat ut ett antal långbord i en avsides del av slottsparken. Greve Diedrik brukar kontrollera förberedelserna men denna dag uteblir han. Det tisslas och tasslas och man undrar hur det är fatt med greven. Kommer han och friherrinnan att delta i festen? Så har det blivit kväll, kräftorna har svalnat och borden står dukade. Vidar som är ansvarig för kräftfesten har sett till att man rullat fram tunnorna med dryck. Det är en vattenklar alkoholhaltig vätska som framställts i lönndom på Skalleholms eget bryggeri. Runt borden och ovanpå dessa har man satt upp lyktor och färgglada dekorationer.

Gästerna har klätt upp sig för kvällen och börjat ta plats vid borden. Luften är ljum och alla småpratar med varandra och stämningen är uppsluppen. När alla satt sig på plats är det dags för entré av greve Diedrik och friherrinnan. Man väntar och väntar. Vidar börjar bli orolig och beger sig till slottet för

att höra efter vad som fördröjer hedersgästerna. En av
pigorna öppnar porten och meddelar att greve Diedrik och
friherrinnan är på gång. Så stegar de ut genom porten.
Friherrinnan är som vanligt klädd i svart långklänning och
greve Diedrik är inlindad i en vidlyftig fårskinnspäls som släpar
i marken och har en stor fårskinnsmössa neddragen så att
endast ögonen kan skönjas. Hostande ledsagar han sin dam
till honnörsplatserna vid ändan på ett av borden. Alla
gästerna ställer sig upp och applåderar. När greveparet satt
sig, sätter sig alla de andra och festen kan börja. Bredvid
greve Diedrik sitter Vidar som är värd för kräftkalaset. Han
sneglar emellanåt mot greven men har svårt att möta hans
ögon under pälsmössan.

Strax innan man börjat äta vänder sig greve Diedrik mot Vidar
och viskar i hans öra. Vidar ställer sig upp, knackar med sin
kräftkniv i glaset och säger att det är förbjudet att kasta
kräftskal på marken och att det inte är tillrådligt att dricka
mer än två glas var av tunnans innehåll. Därefter sätter han
sig ned och nickar åt greven som nickar tillbaka. Det skrålas,
smaskas och sugs på delikatesserna. Vidar knackar åter i
glaset. Oväsendet fortsätter oförminskat. Vidar upprepar
knackningarna. Till slut knackar han så hårt att glaset går i
bitar varvid det först blir dödstyst sedan skrattar alla högljutt
och klappar händerna. Greve Diedrik skakar på huvudet och
hytter med pälsarmen. När det lugnat ner sig håller Vidar ett
tal. Egentligen skulle greven hålla talet men avstår. Vidar
beklagar olyckan kvällen innan och hoppas att greven skall
krya på sig och att kräftorna smakar väl. Greveparet sitter

med ett tag, dock utan att smaka på kräftorna. Därpå drar de
sig hemåt och festen fortsätter till tidig morgon.

AFROCIA – DOFT OCH SMAK.

I slutet av juli varje år börjar skördetiden på Skalleholm. Man börjar med afrocia-skörden. Afrocia växer vilt i vissa delar av orienten och har plockats hem av en avlägsen släkting. Växten är drygt en halv meter hög och har gröna, flikiga blad som sitter i ringformationer på grenar från stjälken. Ytterst på varje gren finns rosetter av stora blommor som varierar i färg från växt till växt. Vissa är gyllengula, andra himmelsblå, klarröda eller violetta. Enstaka varianter med vita blommor kan även ses. Man börjar alltid med att försiktigt plocka blommorna som sorteras på färg och stoppas i stora tygpåsar. Dessa transporteras till Winnars laboratorium i trädgårdsmästeriet. De vita blommorna plockar Winnar själv. Han går över fältet flera gånger för att försäkra sig om att alla vita blommor plockats bort. Sedan stoppas bladen i andra tygsäckar. En del av dessa bärs till Winnars laboratorium, andra till bageriet och bryggeriet. Även stjälkarna skärs ned, samlas ihop och levereras till ladugården där de ingår i mjölkdjurens foder. En del av afrocia-arealen får stå kvar på fältet för frösättning. Den skördas sedan för hand och skakas i en behållare så att fröna separeras. Dessa torkas och blir till utsäde nästkommande år.

Korna äter ört-stammarna med förtjusning och tuggar och tuggar på dem nästan som i trans. Aromer från växten gör att en sötaktig doft sprider sig i ladugården. Afrocia-tillskottet i grovfodret räcker ungefär fram till nyåret. Mjölken levereras direkt till mejeriet och en del tappas på glasflaskor och en del går till ysteriet där den blandas med getmjölk och ingår i de olika ostsorter som framställs. Mjölken har en sötaktig och aromatisk smak som påminner om orientaliska kryddor. Mjölkprodukterna är mycket begärliga och köerna av husfruar utanför mejeriet är långa.

Bladen som hamnar i bryggeriet blötläggs i varmt vatten under någon vecka. De silas sedan ifrån och resterande bladsaft blandas med kornmalt och humle och jäser med öljäst i stora kar av uråldrig ek. Öljästen kommer ursprungligen från Tjeckoslovakien där den stulits under krigstid av förfäder inom Skalleätten. Den färdiga produkten är kraftigt skummande, mörkt gul och doftar och smakar som en dröm.

I Winnars kemilaboratorium börjar en febril aktivitet när blad och blommor anländer. I den ena ändan av lokalen finns några stora pressar. En av dem fylls med bladen som har legat några dagar i en hemligt komponerad lösning. Bladen tas upp och pressas sedan till en ljusgrön vätska. Den samlas upp i större glaskärl som ställs i kylen i avvaktan på vidare process. Samma sak upprepas med blommorna. De placeras i separata kärl och pressas, var färg för sig. Pressaften tappas på långa glascylindrar med tappkran i ena änden. Strax innan har Winnar säsonganställt ett drygt tiotal kemiintresserade ungdomar som försetts med recept. De har sedan placerats vid specifika platser utefter laboratoriebänkarna. Var och en har sin egna speciella utrustning för att kunna utföra sitt laboratoriearbete.

Bladsaften och den hemliga vätskan blandas och indunstas så att ett ljusgrönt pulver täcker botten i kärlet. Pulvret skrapas sedan ihop, vägs och placeras i keramiska burkar med lock. Den söta och aromatiska lukten från bladpulvret sprider sig i lokalen och ventileras ut. Det gör att hela nejden doftar angenäm parfym. Enligt Winnar gör doften att såväl djur som människor blir smått lyriska och parningsvilliga.

Ytterst små mängder av pulvret blandas med olika kosmetiska basprodukter och saluförs av bland annat skönhetssalonger i städerna. Enligt reklamen är det ett skönhetsmedel för kvinnor som gör deras hy sammetslen och doftar oemotståndligt tilldragande. En del av pulvret blandas med E-vitamin i olja och säljs som potenshöjande medel.

Pressaften från blommorna uppsamlas i långa glasrör. Dessa är genomskinliga så att man kan se de olika färgerna var för sig. Genom diverse kemiska och fysikaliska procedurer kan laboranterna renframställa de olika färgpigmenten. Pressaften från de vita blommorna tar Winnar själv hand om och bearbetar den efter eget hemligt recept.

Vissa av färgpigmenten förpackas sedan i små papperspåsar som var och en innehåller 0,1 mg färgpulver. Meningen är att en påse blandas ut i 6 liter vit målarfärg. Slutprodukten blir intensivt färgad och har egenskapen att vara kraftigt skyddande mot rötsvamp i byggnadsmaterial. Anledningen till den skyddande effekten är att pigmenten innehåller så kallade steroider som är mycket giftiga för svampar av olika slag. Steroiderna gör att genuppsättningen hos svampen förstörs, vilket resulterar i att svampen inte kan växa till sig och inte heller föröka sig. Det är viktigt att den slutliga färgprodukten har ett pH över 8 för att steroiden skall vara verksam. Ur miljösynpunkt är steroiden ofarlig för skogssvampar och liknande då markens ytskikt vanligen har ett pH som understigen värdet 8.

Det vita blompigmentet är en mutationsprodukt och dyker upp ungefär i förhållandet 1 på 1 000 afrocia-plantor. Enligt Winnar innehåller det bland annat en steroid som heter testosteron. Märkligt nog skyr alla insekter de vita blommorna så de blir aldrig pollinerade och kan därmed inte föröka sig. Winnar har alltid handskar på sig när han plockar de vita blommorna. Naturligtvis skämtar alla om och skrattar åt hans "fåfänga". Men Winnar vill inte komma i kontakt med testosteronet och han förvarar blommorna i ett låst skåp på laboratoriet.

Strax innan den vanliga skörden startar har man en speciell skördefest där alla som deltagit i afrocia-skörden är inbjudna. Den skall äga rum i en del av ett av växthusen som för tillfället står tomt. Viola Blom är festens värdinna och pyntar växthuset med färggranna blommor. Ett långbord ställs fram och dekoreras med orientaliska blomster av olika slag. Festen skall börja tidigt på eftermiddagen. Greve Diedrik och friherrinnan inviteras men brukar alltid tacka nej då de inte tycker om att Winnar håller på med sina experiment.

Greve Diedrik var dock med på den allra första afrocia-festen. Han var då yngre och svag för alkoholhaltiga drycker. Vid tillfället serverades utspätt destillat som enda dryck till den enkla måltiden. Efter några glas blev greve Diedrik berusad. Det positiva med detta var att han inte gormade som han brukar utan höll sig tyst men hade svårt att hålla balansen även när han satt på stolen. Det negativa var att han knipsar av en blomma från dekorationerna och stoppar den i munnen. Det råkade vara en blå afrocia. Ingen märkte tilltaget till en början men blev varse konsekvenserna efter ett tag. Greve Diedrik beordrade alla kvinnor vid bordet att resa sig. Han påstod att han skulle göra en inspektion och vinglande närmade han sig den kvinna som satt närmast honom. När han kom fram till henne lyfte han armen och gav henne ett rejält slag på rumpan. Hon skrek till och försökte ta sig bort från bordet. Greve Diedrik följde efter och mumlade haranger på tyska. Kvinnan lyckades smita ut från växthuset men greven, som var ostadig på benen, råkade sätta ena foten i en plåthink som stod på golvet. Han stapplade några steg och skramlade med hinken till allas glädje och man applåderade honom. Det gjorde honom mera uppretad och han ansträngde sig för att komma ut ur växthuset. Så tog han sats mot dörröppningen och galopperade i full fart mot denna. Tyvärr var det inte dörröppningen han sett utan en fri glasyta i väggen. Med ett brak for han genom glaset och försökte sedan resa sig med blodet forsande från skärsår på huvud och händer. Han skulle precis börja gorma då han såg blodet på händerna och svimmade av. Winnar och några av de manliga festdeltagarna rusade fram och plockade bort glasskärvor från ansiktet och händerna. Därefter bar de greve Diedrik till slottet, bad husfrun att tvätta rent såren och förbinda dem innan han vaknade till. Sedan placerades han på en brits i hallen varefter Winnar och de andra skyndade sig ut från slottet.

Årets festmåltid består av hembakat indiskt bröd med smör och ost från det egna mejeriet. Till detta serveras en dryck som Viola tillrett efter eget recept. Det är en brygd på växtsaft från ett antal sydamerikanska kaktusarter som odlas i ett av växthusen. Viola säger att den ger upphov till en glad stämning. Strax innan festen går Winnar till laboratoriet för att ta ut burken med årets extrakt från de vita blommorna. Tanken var att han skulle visa upp den för skördefolket och berätta om dess innehåll och extraktets effekt på levande varelser.

Efter det att alla tagit plats vid bordet, reser sig Winnar och påkallar tystnad. Han säger att han skall berätta en kuslig saga för dem. Den handlar om de vita blommorna. Han stoppar ned handen i fickan för att ta upp burken. Det finns ingen burk där! Han känner även i den andra fickan men inte heller där finns burken. Han blir blossande röd i ansiktet och undrar om någon av de närvarande har sett burken. Ingen ger sig till känna och de börjar småprata med varandra. Winnar börjar gå tillbaka samma väg som han kommit och letar efter burken. Sedan kommer han tillbaka och ber att få avbryta festen och beordrar alla att leta överallt i växthuset och laboratoriet. De reser sig och sprider sig i omgivningarna. Winnar blir mer och mer orolig och springer runt. Rätt som det är så snubblar han och slår i armen. Han reser sig och börjar domdera och svära. De övriga i närheten av honom tittar upp och nickar mot varandra och tänker " han är lik sin far trots allt". Sökandet pågår långt in på kvällen utan att burken hittas.

Winnar ger upp för tillfället och beger sig hem. Frustrerande beklagar han sig för Molly som ber honom att lugna ner sig, sätta sig och berätta varför det är så viktigt att hitta burken. När han sansat sig berättar han att burken innehåller växtextrakt från de vita blommorna på afrocia. Han har funnit att växterna med de vita blommorna är genetiskt skadade och producerar produkter i blombladen som är livsfarliga för djur och människor. En av substanserna som han isolerat är afrotoxin som är det giftigaste som finns. Andra substanser är hormonliknande produkter som kan påverka människor och djur och som i värsta fall kan vanställa en individ för livet. Molly undrar då varför han är så intresserad av de vita blommorna. Jo, förklarar han, hormonerna är intressanta som kemiska länkar vid framställningen av kopplade kolhydrater från barrväxter. Det innebär att man kan syntetisera speciella kemiska föreningar som kan upphäva tyngdkraften enligt ett gammalt ryskt recept. Winnar reser sig, hämtar en fotogenlampa för att ge sig ut och leta igen. Molly stoppar honom och säger att det är bättre att vänta tills i morgon då det är ljust ute då fotogenlampan lyser upp för dåligt. Winnar ger sig och avvaktar morgondagen.

Tidigt följande morgon beger han sig till växthusen igen. När han kommer dit är det tomt på folk med undantag för städerskan som går och sopar golven. På ett bord som han passerar står en stor mugg med Violas brygd. Han sveper det och går vidare. Winnar påkallar sedan städerskans uppmärksamhet och frågar om hon har sett en burk med vitt pulver. Hon säger då att det låg en massa glassplitter under en av laboratoriebänkarna som hon sopat upp och lagt i en stor soplår bakom växthusen. Winnar beger sig dit, vräker omkull soplåren och börjar riva runt i avfallet. Plötsligt stannar han upp och bara stirrar på soporna. Han har fått syn på två myror, stora som katter, som stirrar på honom och viftar med antennerna. Winnar blir förskräckt och ryggar tillbaka. Han gnuggar sig i ögonen och förblir stående. Städerskan kommer fram till honom och blir förskräckt av alla sopor som ligger utspridda.

"Jag tror att vi hittat burken", säger Winnar med låg röst.

Medan han stirrar på jättemyrorna berättar han att de måste ha ätit av burkens innehåll. Städerskan blir alldeles till sig och böjer sig ned för att titta på myrorna. Hon letar där Winnar pekar men ser inga myror. Winnar, som känner sig lite skakad, lägger armen om henne och de beger sig in i växthuset igen. Han beordrar henne att omedelbart bränna alla sopor, vilket hon också gör. Sakta och tankfullt går han hem igen och lägger sig på sängen och somnar. Han sover ett helt dygn och vaknar med en sprängande huvudvärk, blir sittande på sängkanten och börjar minnas den tidigare händelsen. Sakta reser han sig och beger sig till växthuslaboratoriet och går raka vägen till det låsta skåpet, öppnar det och finner att burken med det vita pulvret står där. Han stirrar på burken, skakar på huvudet och går ut till de andra på laboratoriet och säger med hög röst att faran är över. Men, han kan inte smälta att han betett sig som han gjort. Han kontaktar Viola och ber om ursäkt för händelsen på festen. Hon skrattar och säger att det hela har sin förklaring. Brygden som serverades under festen innehöll mescaliner från kaktusarna i växthuset och kan hos en del människor skapa hallucinationer. Winnar nickar och inser nu vad som hänt. Skamset går han hemåt igen. Sällan kommer han att glömma denna skördefest!

BRÖLLOP.

Det är midsommartid och solen strålar över Skalleholms gods. Ljumma vindar sveper över slottet och dess omgivningar. Det susar i lövträden som vajar lätt, småfåglarna drillar och det doftar sommar. I slottsträdgården går Viola Blom och plockar blommor samtidigt som hon rensar ogräs i rabatterna. Det skall rustas för bröllop. På gången fram till den gamla stenkyrkan strör man vit sand. Kyrkan har inte använts sedan Winnar och Molly vigdes. Slottspersonalen med skurhinkar och borstar börjar storstädningen. Damma går före och plockar bort all synlig spindelväv och fördelar sedan arbetet mellan pigorna. Greve Diedrik kommer på oväntat besök och skäller på pigorna för att de inte arbetar tillräckligt snabbt. Alla blir stressade och skurar och torkar med stor frenesi. Så snart greve Diedrik gått lugnar tempot ner sig igen. Viola börjar dekorera med utvalda blommor på träbänkarnas gavlar längs kyrkogången, framme vid altaret och längs väggarna. När hon är färdig ser kyrkan ut som ett växthus. Mitt Jägermeister har fällt några björkar som han inramar kyrkporten med.

Vem skall då gifta sig? Jo, Esmeralda har tillfälligt kommit hem från Tyskland. Hon har med sig Graf Balthasar von Scheisenberg av ätten Konradshausen. De har planerat att vigas samman i Skalleholms slottskyrka om någon vecka. Paret bor i var sitt rum på översta våningen bredvid kungasviten på slottet under sin vistelse före bröllopet. Esmeralda har tagit med sig två pigor som delar ett av rummen på övervåningen. De skall vara behjälpliga med att bland annat sy en brudklänning och förbereda den blivande bruden inför den stora händelsen.

Den blivande brudgummen, som är jaktintresserad, kontaktar Mitt Jägermeister och hör sig för om det kan jagas lite före bröllopet. Mitt inviterar Balthasar till sitt hem för att diskutera eventuella planer för jakt. De sitter och äter lunch på verandan med magnifik sjöutsikt över Skallen. Balthasar ser ut över sjön och tar sporadiskt en tugga då och då. Han kan inte släppa blicken från alla olika sjöfåglar som simmar och dyker vid vassen intill stranden.

”Kann ich die Vogeln schiessen?” frågar han och vänder sig mot Mitt.

”Nein, det kan man nicht”, svarar Mitt.

”Shade, was denn?”

Nu börjar de diskutera vad som får jagas och inte jagas vid midsommartid. All konversation sker på tyska, vilket inte är något större problem för Mitt som har ett förflutet i Tyskland. Man kommer fram till att det bara är hare och räv som är tillåtet att jaga. Balthasar är inte nöjd med detta utan vill fälla ett par älgar och några hjortar. Han antyder att om man heter Mitt Jägermeister så borde det vara fullt möjligt att jaga vad som helst, när som helst. Mitt säger då att jakten på storvilt i Svealand är på hösten och att han är välkommen när det blir dags. För att förgylla tillvaron tar Mitt fram en flaska "Jägermeister" som han frikostigt bjuder på och lurar Balthasar att det är en ädel dryck enbart för jägare. När innehållet i flaskan är slut börjar Balthasar bli trött och antyder han att vill hem och sova en stund. Båda beger sig mot slottet men stannar till vid en av sjöbodarna. I en tillsluten påse som hänger på väggen förvarar Mitt några vettar i trä som han själv tillverkat och målat och som föreställer änder. Mitt överräcker påsen till Balthasar och säger att det är några fåglar från gårdagens jakt. Han blir tillsagd att inte öppna påsen innan han lämnat den i slottsköket. På något ostadiga ben lullar de två sedan mot slottet. Mitt visar var slottsköket är beläget och ber Balthasar snabbt gå in och lämna påsen till kokerskan Matilda. Balthasar gör som han blivit tillsagd. Han lämnar över påsen och säger på tyska att det är hans jaktfångst. Matilda kan inte så mycket tyska men tror sig förstå vad han menar. När hon kikar ned i påsen och ser träfigurerna brister hon ut i gapskratt. Hon tar upp en vette och visar för Balthasar och skrattar så att hon nästan kiknar. Balthasar blir högröd i ansiktet och inser att han blivit lurad av Mitt, vänder på klacken och smyger upp på övervåningen.

Bröllopsgästerna börjar anlända. De kommer i galanta hästdragna glasvagnar som stannar utanför slottet. Greve Diedrik, friherrinnan och mister Jones står vid porten och välkomnar gästerna. En del anvisas rum i slottsflygeln som är belägen mitt emot den som Winnar och Molly bebor, andra till gästrummen i slottet. De kuskar som stannar kvar under tilldragelsen hänvisas till ett härbärge i närheten där även hästarna inkvarteras i ett intilliggande stall.

En stor buffé är uppdukad i en av slottets stora salar, riddarsalen, men gästerna får inta måltiden stående. Musserande äppelvin från det egna bryggeriet serveras också. Då gästerna kommer i omgångar blir buffén stående hela tiden fram till bröllopet. Det blivande brudparet besöker också buffén och Esmeralda går runt bordet med Balthasar och pekar på de olika rätterna och förklarar vad de innehåller. Samtidigt talar hon om för honom vad han skall äta och vad han bör undvika. Balthasar börjar plocka åt sig av delikatesserna men har glömt vad Esmeralda sagt. Därför luktar han noggrant på varje rätt och provsmakar en bit av varje innan han antingen lägger det på tallriken eller tillbaka på matfatet. Esmeralda som ser det hela gestikulerar till Balthasar. Han ser henne inte trots de yviga gesterna och hon försöker då förklara för de andra matgästerna att det är en vanlig sed i Tyskland att göra så.

Med tallriken i hand går Balthasar bort mot dryckesbordet för att förse sig med ett glas äppelcider. Balanserande med tallriken i ena handen och äppelciderkaraffen i den andra häller han upp drycken i ett kristallglas. Sedan fattar han glaset i den fria handen och minglar med de andra gästerna. Plötsligt kommer han på att han inte har någon fri hand att äta med och börjar studera hur de andra matgästerna bär sig åt. Han noterar då att de flesta håller glaset och tallriken med samma hand och äter med enbart gaffel. Han tränger sig fram mot besticklådan vid bordsänden, knäar lite och sträcker fram en arm mellan de köande gästerna för att fatta en gaffel. Han känner ett metallföremål, grabbar tag i det och drar sig tillbaka. När han tittar efter så ser han att det inte är en gaffel utan en brödkniv. Han funderar en stund och beslutar sig för att inte trängas igen för att byta ut den. Han söker upp Esmeralda för att få hjälp. Hon är engagerad i diskussioner om det stundande bröllopet med ett antal festklädda damer. Balthasar försöker klämma sig fram till henne och väl framme frågar han hur han skall bära sig åt. Esmeralda tittar först på honom, sedan på hans tallrik. Då hon ser att den är tom säger hon åt honom att ta mera mat från bordet. Balthasar tittar till på sin tallrik och noterar att det inte finns något på den. Var har hans mat tagit vägen? Han börjar snoka runt på de platser som han tidigare varit. Där, på golvet nedanför besticklådan, ser han en del av sin mat. Folk har trampat runt i matresterna och smetat ut dem. Han observerar också att han har klet på både byxor och skor och smyger bort och låtsas som inget hänt. En kökspiga kommer fram till honom och ber att få hans tomma tallrik. Men han vill inte släppa den ifrån sig då han tänkt hämta en ny omgång mat vid buffén. Han sliter åt sig tallriken och råkar då träffa sitt ciderglas vars innehåll landar på friherrinnans rygg. Hon vänder sig snabbt och synar den blivande svärsonen. Hon påpekar för honom att på slottet måste man uppföra sig på adelsvis. Hon ser också att han har matrester på ena byxbenet och på skorna. Friherrinnan sträcker på sig och pekar med ett finger mot dörren. Även greve Diedrik kommer fram och hasplar ljudligt ur sig en lång harang på tyska. Det blir plötsligt tyst i bufférummet och allas blickar vänds mot de båda. Balthasar börjar gå och greve Diedrik följer efter och gormar hela tiden. Balthasar börjar småspringa för att bara komma bort och tar trappan upp till gästvåningen. Han är så upphetsad att han inte märker att han går in i de tyska pigornas rum. Han ställer ifrån sig tallrik, kniv och glas och kastar sig på den stora dubbelsängen och somnar. Han väcks av ett skärande skri. En av pigorna kommer in i rummet, går fram till sängen och bara stirrar på Balthasar som ligger där utsträckt. Eftersom pigan också talar tyska gör Balthasar allt för att förklara sig. Men pigan tror honom inte. Så dyker Esmeralda upp i dörröppningen och tittar barskt på Balthasar. Hon kräver en förklaring på varför han besöker pigornas sovrum. Han börjar prata, men hon avbryter honom hela tiden. Under konversationen rör de sig mot hans eget sovrum, går in och stänger dörren. Resten av dagen syntes inte Balthasar till.

Förberedelserna inför bröllopet pågår förfullt. I riddarsalen på slottet dukar man ett honnörsbord som har ett utlöpande långbord från vardera gaveln. Stora blomsterdekorationer och gyllene ljusstakar pryder borden. Tallrikar, glas och bestick är arvegods från svunna tider på Skalleholm. Bakom honnörsbordet utefter kortväggen har man placerat ett lägre podium med plats för wienermusikerna från staden, vilka skall underhålla under måltiden och spela upp till den påföljande dansen. Fru Tossa övervakar det hela och emellanåt dyker friherrinnan upp och ger instruktioner. Enligt en överenskommelse mellan de två skall greve Diedrik nekas tillträde till salen under förberedelserna. Fru Tossa påstår att han bara gormar och stressar personalen till att begå misstag. Friherrinnan har bett sin man att kontakta Balthasar och förklara de kommande vigselceremonierna i kyrkan. Så sker och Balthasar övar sina repliker på knagglig svenska, vilket är det språk som gäller under vigseln. Han går av och an i korridoren utanför sovrummen och repeterar högljutt alla fraser. Esmeralda blir störd och ber honom att gå till något annat ställe där han inte stör andra. Han tar en trappa ned till mellanvåningen och försöker orientera sig. Så småningom hamnar han i det stora biblioteket och börjar repetera igen.

Så har den stora dagen kommit. På kyrkbänkarna trängs bröllopsgästerna och man dividerar livligt vem som skall sitta var. Winnar, som är utsedd till best man, försöker bringa ordning och placerar gästerna efter bästa förmåga och ber dem att hålla sig lugna. Balthasar, iklädd en något för trång grå jackett, har ställt sig framme vid altarringen och inväntar bruden. Prästen, som är inhyrd från domkyrkan i staden, samtalar med den likaså inhyrda organisten som satt sig på plats vid den lilla tramporgeln bredvid koret. Nu är det dags. Esmeralda, iklädd vit långklänning med släp, dyker upp tillsammans med greve Diedrik. De skrider fram mot altaret och Esmeralda överlämnas till Balthasar. Bröllopsceremonin

startar och när det är dags för ringväxling börjar Balthasar
treva i sina fickor efter ringen.

Efter en stund, som kändes som en evighet, drar han plötsligt
upp handen ur byxfickan och visar stolt upp ringen för
prästen med ett stort leende. Då händer det. Han råkar tappa
ringen i överlämningsögonblicket och den faller ned på golvet
och rullar iväg mot altarbordet. Balthasar blir stående och
bara tittar när prästen och Winnar ställer sig på knä och
börjar krypa runt på kyrkgolvet. Själv får han syn på något
som blänker mitt framför sig, böjer sig ned för att ta upp
föremålet varvid det hörs ett utdraget brak. De närvarande
gästerna som ser skådespelet framför sig börjar fnissa. Några
gapskrattar och applåderar. De ser att hela ryggpartiet på
Balthasars jackett spruckit upp och blottar frackskjortan
under. Balthasar vänder sig mot Esmeralda som ger honom
en iskall blick. Från främsta kyrkbänken reser sig greve Diedrik
och gormar på tyska samtidigt som han gestikulerar med
armarna och går fram till Balthasar för att hjälpa honom med
ringen. Balthasar sträcker fram föremålet som han hittat till
greve Diedrik som då ser att det inte alls är någon ring utan
Esmeraldas ena örhänge. Nu börjar greven bli desperat,
ställer sig på alla fyra och börjar krypa runt. Plötsligt ger
Winnar upp ett skri, reser sig upp och håller upp ringen. Alla i
kyrkan applåderar. Även prästen reser sig för att avsluta
ceremonin och märker inte att greven fortfarande står på alla
fyra vid altarbordet.

Så blev de två gifta och organisten spelar utmarschen.
Esmeralda och Balthasar börjar bege sig mot utgången.

Balthasar, högröd i ansiktet, försöker skynda på och drar i Esmeralda. Hennes släp fastnar då vid en av kyrkbänkarna och drar av slöjfästet på huvudet. Med detta följer även peruken som Esmeralda dekorerat sig med för att hålla brudkronan. Balthasar är så upphetsad att han inte märker detta utan drar bruden ut ur kyrkan och fortsätter mot slottet. När alla gästerna lämnat kyrkan undrar friherrinnan var greve Diedrik är. Ingen har sett honom sedan han hjälpte till med att leta reda på ringen. Hon går tillbaka till kyrkan och ser honom krypa omkring framme vid altaret. Hon ropar att han skall komma ut nu för att man har hittat ringen. Med ömklig falsettröst säger han att han inte förmår resa sig. Friherrinnan ropar till Winnar att komma och hjälpa sin far. Därefter beger de sig till slottet för att vila en stund innan bröllopsmåltiden skall börja.

Balthasar ber att få låna en frack av Winnar som har ungefär samma kroppsstorlek. Kanske borde han tänkt på det tidigare då han istället tagit på sig grevens jackett som visade sig vara lite väl trång, som han uttryckte det.

Bröllopsgästerna anländer till matbordet och alla börjar gå runt och leta reda på sin bordsplacering. Vid honnörsbordet sitter brudparet, greve Diedrik och friherrinnan, Balthasars föräldrar, Winnar och Molly och deras två söner. Efter en halv timme sitter samtliga vid borden. Någon knackar i glaset och det blir tyst i salen. Kneppen reser sig och undrar varför inte han, som bror till bruden, och hans gemål får sitta vid honnörsbordet. Winnar funderar en stund, reser sig och säger skämtsamt att "endast de närmast sörjande har honnörsplatser". Kneppen godtar inte förklaringen och påstår sig vara förolämpad.

 "Jag är bror till bruden och känner mig lika sörjande som ni andra inom familjen", säger han.

Winnar vänder sig till sin mor, som är ansvarig för bordsplaceringen. Plötsligt reser hon sig, tar greve Diedrik i armen och säger spydigt att de kan byta plats med Kneppen och Catharina om det skulle kännas bättre. Då reser sig Catharina och säger att hon inte kan gå med på det. Dialogen fortsätter ett bra tag till och slutar med att Kneppen och Catharina förbereder sig att lämna bordet. Nu lägger sig Esmeralda i samtalet och ber sin bror att vänta ett tag så kan personalen ordna ett par platser i ändan av honnörsbordet. Så blir det och måltiden kan äntligen börja.

När efterrätten avnjutits reser sig gästerna, herrarna går till biblioteket och damerna till den gula salongen som är brukligt. Borden dukas av och transporteras bort för att bereda plats för dansen. Wienerorkestern finns på plats och spelar upp till den första wienervalsen. Gästerna samlas i den nedre delen av salen där ett bord med drycker är uppställt. Dansen inleds med att Esmeralda och Balthasar tar plats på dansgolvet. Snart kommer andra par och gör dem sällskap. Många av herrarna står vid dryckesbordet och sveper starka drycker. När Balthasar dansat färdigt gör han dem sällskap och blir kvar där resten av festen. Den siste att lämna festen är Balthasar som lullar på ostadiga ben mot nattlogiet. Emellanåt måste han luta sig mot väggen för att inte ramla omkull. Han lyckas ta sig till det blå gemaket där han stannar upp och ser sig omkring. Han känner inte igen sig men ser en dörr på motstående vägg. Med sikte mot denna tar han ett stort steg men håller på att ramla omkull och försöker ta tag i intilliggande vägg för att stödja sig. Han får tag i något mjukt föremål som ger efter och han faller. I fallet drar han med sig en stor gobeläng som lägger sig över honom. Med sprattlande rörelser försöker Balthasar frigöra sig från föremålet men orkar inte utan somnar på plats.

Följande morgon när pigorna skall städa efter festen ser de att en gobeläng har rasat ned. De hjälps åt att lyfta den åt sidan och finner då till sin förvåning Balthasar sovande på golvet. Genom att skaka i armarna försöker de väcka honom men han vaknar inte. De kallar på husfrun och förklarar att de inte lyckas väcka honom. Efter en stund dyker fru Tossa upp med en hink iskallt vatten som hon häller över Balthasar. Då vaknar han upp, reser sig och vinglar iväg med stöd av en av pigorna. Han leds till det nya sovrummet som iordningställts för brudparet. När de kommer in genom dörren ser de Esmeralda ligga i den stora brudsängen. Hon sätter på sig glasögonen och ser sin man komma in i sovrummet. När hon ser att en drypande och våt Balthasar håller om pigan skriker hon så gällt att pigan blir dödsförskräckt, släpper taget om Balthasar som ramlar ihop på golvet. Hon rusar därefter ut ur rummet. När dörren stängts hörs dova dunsar och ljud som tyder på allmän glaskrossning.

SÅGEN.

Skalleån ringlar mellan åkrar och ängar och genom skogspartier. På långa sträckor är den kantad på båda sidorna av gråal och hängpil. Små träbryggor finns utplacerade utefter hela ån och används som tvättplatser för de boende på intilliggande fastigheter. Lite längre ned mot utloppet i sjön vidgar den sig och bildar en liten insjö som är beväxt med vass utefter stränderna. Här är ett intensivt fågelliv med boplatser i och omkring vassen. Egentligen är den lilla sjön en fördämning som skall säkra ett visst vattenflöde till både sågen och den blivande turbinstationen som ligger strax nedströms. Den uråldriga sågen drivs av ett stort skovelhjul som är placerat vid ena sidan av ån. Bredvid finns ett par dammluckor som gör att man kan reglera vattenflödet så att tillräcklig mängd kan passera skovelhjulet när sågen används. Mellan sågen och skovelhjulet finns en vattenränna där stockar från skogsskiftena högre upp kan fångas in och staplas på åbädden i anslutning till sågen.

Själva sågen är en sinnrik konstruktion. Skovelhjulet driver sågklingan och även matarbordet. På detta läggs stockarna och tjockleken på de blivande bräderna ställs in för hand. På axeln mellan skovelhjulet och sågklingan finns två rullar. På den ena löper en rem som i andra änden drar en remskiva på en axel och gör att matarbordet rör sig framåt. Den i sin tur kan lätt bytas ut mot andra remskivor som sitter på samma axel. Genom att dra i ett stort trähandtag kan man förflytta remmen till den remskiva som man önskar, beroende på vilken hastighet man vill att matarbordet skall ha. När en bräda har sågats färdigt fälls en trähake ned som viker ned den nysågade brädan när matarbordet automatiskt går tillbaka. För att få det att gå tillbaka utlöser bordet i ändläget en tvärslå som mekaniskt flyttar fram axeln med remskivorna och en annan rem som är korsad lägger an mot den andra rullen på sågaxeln och på en mindre remskiva på matarbordsaxeln varvid matarbordet skyndsamt återgår till ursprungsläget. Brädan hamnar sedan på ett långt, smalt och svagt lutande bord med trärullar som styr den till en stapelplats intill såghuset. Anordningen gör att sågningsprocessen kan betjänas av två personer som lyfter upp stockarna på matarbordet och fixerar dem. Samma personer kan under sågningsprocessen också bevaka staplingen.

Alla bräder som skall användas på Skalleholms gods sågas här. Även arrendatorerna använder sågen när den är ledig. Allt sågat material sorteras och körs med häst och vagn till en gemensam torklada i utkanten av godset. Den som är ansvarig för sågen och torkladan heter Klinga men kallas allmänt för Taggen. Hans närmaste chef är skogvaktaren

Kottfrid Grangren som i sin tur sorterar under skogsförvaltaren Mitt Jägermeister.

Taggen har fått sitt öknamn därför att han har en förmåga att reta gallfeber på folk och ger alltid vassa pikar och gliringar. Till och med har han lyckats reta upp greve Diedrik några gånger med åtföljande utskällning och hot om avsked. Men han anses vara oumbärlig vid sågen och sköter den som sitt barn och Kottfrid har vant sig vid att inte ta åt sig utan brukar slå dövörat till när Taggen vräker ur sig sina sarkasmer. Ingen annan än Taggen får fila och skränka sågklingan som är ett mödosamt arbete och tar en hel dag. Ideligen kontrollerar han klingan under sågningspassen, vilket ibland kan sinka arbetsprocessen. När arrendatorerna sågar sina stockar finns Taggen alltid närvarande och har synpunkter. När de använder sågen har de försett sig med öronproppar dels för att utestänga ljudet från sågen dels för att slippa höra kritiken från Taggen.

Denna sommar är det lågt flöde i Skalleån och den lilla insjön är nästan torrlagd. På grund av detta fungerar inte flottningen av stockar. I stället får man köra dem med hästfora till upplagsplatsen invid sågen. Den låga vattennivån gör att det inte heller går att köra sågen och Taggen sysselsätter sig med att byta ut slitna remmar och trädetaljer i konstruktionen. Arrendatorerna gruffar och stressas av att inte få sina stockar sågade och beklagar sig hos Kottfrid. Han försöker lugna dem och säger sig inte kunna göra något åt det.

Winnars barn, Kal och Per, brukar ofta bege sig till sågen och följa arbetet och leka bland stockarna. En dag har de bestämt sig för att ta sig till sågen och Per säger att han har en överraskning åt Kal. Vid framkomsten tar Per fram ett vitt paket ur sin ficka och sträcker fram det till sin bror som vecklar upp det och när han ser innehållet stirrar han bara.

"Var har du fått tag i detta", frågar han.

"Jag knyckte det på Mitt Jägermeisters kontor", svarar Per och rodnar.

Från pappret plockar Kal upp en lång cigarr och tänddon. Båda inspekterar cigarren och klämmer försiktigt på den. De prövar även tänddonet som tycks fungera. Efter en stund föreslår Per att de kanske skulle prova att röka. Kal skakar på huvudet och säger att han inte är intresserad. Men Per ger sig inte. Han vill gärna prova hur det smakar. Han fattar cigarren med ena handen och försöker tända med den andra. Men det vill sig inte utan han ber sin bror att tända åt honom. Kal antänder donet och för det till cigarren. Per sätter änden till munnen och håller krampaktigt i cigarren och suger försiktigt och känner att röken kommer in i munnen. Han blåser ut den och gör ytterligare en inandning. Plötsligt känner han sig illamående och ulkar ett par gånger. I samma veva hör de att någon är i närheten. Kal tittar upp och ser att Taggen går in i såghuset och blir förskräckt. Han ber Per att slänga cigarren i ån och snabbast möjligt rymma fältet. Per hör inte vad brodern säger utan bara kräks så att han nästan tappar andan. Kal springer iväg och lämnar Per, som när han tittar upp ser att Kal är borta. Han blir rädd och slänger cigarren i riktning mot vattnet. Han försöker springa iväg men känner sig alldeles yr och ramlar omkull. Han försöker då att krypa iväg mot skogen där han lägger sig raklång och hoppas att yrseln ska ge med sig.

Det visar sig att cigarren inte hamnat i vattnet utan på en hög av sågspån. Efter en stund börjar det ryka från högen och lågor slår upp. Inom några minuter är hela sågspånshögen antänd och höga lågor slår upp och börjar antända en hög med bakar som ligger alldeles intill. Taggen får syn på elden och rusar ut ur såghuset och tar med sig en hink. Han springer ned till ån för att hämta vatten och märker då att vattenståndet är så lågt att endast någon liter kan tas upp med hinken. Han slänger hinken och rusar bort mot gårdscentrum för att påkalla hjälp med att släcka elden. Han skriker så att det kan höras över flera socknar och manskap rusar ut på gården för att höra efter vad som händer. Taggen pekar mot sågen och säger att det är eldsvåda och ber om hjälp med att släcka. Alla skyndar ned mot sågen och tar med sig hinkar och större burkar. Man bildar kedja och tar vatten från änden av den lilla sjön där det ännu finns vatten. Langningen av vattenkärl tar tid och elden börjar närma sig såghuset. Taggen, som dirigerar släckningsarbetet, blir förtvivlad när han ser att den ena knuten på huset börjar brinna. Han rusar bort mot ingången, fattar en större yxa och skyndar sedan till brandstället. Han börjar hugga bort det brinnande virket i väggen och föser det åt sidan. Snart har han slagit sönder hela gaveln plus två bärande bjälkar på såghuset samtidigt som man öser vatten på de delar av huset som ännu inte nåtts av elden. Efter mycket möda har man elden under kontroll närmast såghuset. Däremot brinner stapeln av brädbakar och meterhöga lågor slår upp. Kottfrid som är engagerad i vattenlangningen rusar iväg och kommer strax tillbaka med en handsåg. Han säger åt en av de andra att hjälpa honom att börja såga en brandgata i det skogsparti som är närmast sågen. Hela tiden kommer folk springande för att hjälpa till med släckningsarbetet.

Det börjar bli skymning och man har fortfarande inte elden under kontroll utanför sågen. Det ryker från såghuset men inga eldsflammor syns. Plötsligt hörs ett stort brak och taket på såghuset faller ner. Taggen ser sitt skötebarn braka ihop och springer hysteriskt av och an och vrålar svordomar. Kottfrid försöker lugna ner honom men lyckas inte. En kraftig lantbruksdräng kommer fram till dem och riktar ett knytnävsslag mot huvudet på Taggen som dimper ned. Drängen lyfter upp Taggen på axeln och för iväg honom.

När Kal så småningom kommer hem undrar Winnar och Molly var Per är. Han skakar på huvudet och börjar storgråta. Efter en bra stund har han lugnat ner sig och berättar då vad de haft för sig vid sågen. Winnar blir först redigt förbannad och börjar skälla ut honom. Molly försöker lugna ner situationen och säger att man måste leta reda på Per. Winnar som nyligen hört talas om den pågående branden i sågen blir orolig och undrar om Kal lämnat kvar Per vid sågen. Jodå, det hade han, men trodde att han också skulle springa iväg utan att bli observerad av Taggen. Nu börjar alla tre att gråta och undrar om Per blivit kvar i branden. Winnar skyndar iväg till sågen för att höra om någon sett pojken. Alla han frågar bara skakar på huvudet. Sedan kontaktar han Kottfrid och berättar vad Kal sagt. Kottfrid avbryter det han håller på med och beordrar alla närvarande att börja leta efter Per. Efter några timmar avbryts letandet utan att man hittat honom. Winnar bestämmer sig för att höra med Taggen om han vet något om Per. Lantbruksdrängen berättar att han lämpat av Taggen uppe på Mitts kontor. Med stora kliv springer Winnar upp till gårdscentrum och skakar liv i Taggen. Denne häver ur sig långa haranger av svordomar, men när han lugnat sig en smula frågar Winnar om han sett Per vid sågen. Nej, det hade han inte och undrar varför Per skulle varit vid sågen. Winnar berättar då valda delar av Kals historia. Taggen blir ursinnig och säger att det nog var pojkarna som tänt på sågen. Sedan blir det en hätsk diskussion dem emellan som slutar med att Winnar säger att de skall bege sig tillbaka till sågen och hjälpa till med släckningsarbetet.

Nu börjar det bli mörkt ute och Winnar förser sig med en stör och börjar påta i de utbrända träresterna för att se om han kan hitta något som antyder att Per skulle finnas där. Det konstateras att man lyckats släcka branden. Endast en frän doft av förkolnat trä känns i näsan och det ryker något från brandresterna. Alla beger sig av hemåt, så även Winnar. Hemma berättar han om vad han hört och sett och beslutar att man skall avvakta tills vidare. Hela natten sitter familjen uppe och väntar förhoppningsfullt på att Per skall visa sig.

När morgonen kommer har fortfarande ingen Per dykt upp. Winnar ber då Kal att följa med ut och leta. De börjar vid sågen och Kal pekar ut var de hade varit. Därifrån går de mot skogen dit Kal hade gått när de trodde att de var upptäckta av Taggen. Sedan hade han själv sprungit upp mot gårdscentrum innan han begav sig hem. Med ett ryck i armen tar Winnar tag i Kal och drar iväg honom mot ladugården där de söker i alla skrymslen och vrår. Vidare går de till ladan och vagnslidret men Per finns ingenstans. Båda suckar och beger sig hemåt.

Kvällen kommer och ingen Per har dykt upp. Kal säger då att han skall ut och leta på egen hand och springer till torkladan. Han klättrar upp på de lägre brädstaplarna och ropar på Per upprepade gånger. Mellan ropen lyssnar han och hör ett svagt snyftande. Kal klättrar ner igen och går runt staplarna. Längst inne i en mörk vrå sitter Per på huk med tårarna rinnande på kinderna. Kal springer fram, lyfter upp Per och kramar om honom. Han berättar hur de sökt efter honom och undrat om han klarat sig för lågorna. Per skakar i hela kroppen och säger att han mådde så illa, kräktes och kände sig yr och hade svårt att gå efter det att han rökt på cigarren. Han hade först inte märkt att Kal sprungit iväg men när han förstod att han var ensam hade han krypandes tagit sig en bit in i skogen där han lagt sig en stund. När han såg att det brann vid sågen hade han blivit förskräckt och tagit sig till torkhuset. Kal tar Per i handen och säger att de måste skynda hem för att alla är så oroliga. När pojkarna kommer innanför dörren omfamnas Per av Molly som tar honom till köket där han kan få i sig en bit mat. Winnar drar en lättnadens suck

och säger att pojkarna skall glömma incidenten. Han lovar
dem att ordna upp händelserna vid sågen och tillägger att han
hoppas att de lärt sig läxan att aldrig prova på cigarrökning
igen.

När man rensat upp vid sågen kunde man konstatera att
skadorna på byggnaden var stora. Kottfrid pratade med några
av arrendatorerna och tillsammans med Taggen skulle de
snarast påbörja reparationen av såghuset. Efter några veckors
ihärdigt regnande fylldes ån med vatten och snart var sågen
bruksfärdig och arbetet kom igång och friden lade sig över
Skalleholm.

MARKNADEN.

Skalle by är normalt en lugn plats där ett antal arbetarbostäder kantar en bred genomfartsgata. Runt husen finns små köksträdgårdar som vårdas omsorgsfullt av de boende. Här odlar man blommor och grönsaker. Gatan är också lekplats för arbetarbarnen och den enda egentliga trafiken utgörs av arbetarna som tar sig till och från sina arbetsplatser. Ibland kommer en hästdragen kalesch farande. När den passerar bostadshusen pinglar kusken i en klocka för att göra alla uppmärksamma så att ingen står i vägen för dess framfart. Oftast är det greve Diedrik som blir transporterad till olika platser i utkanten av egendomen. Det händer att han ber kusken stanna till på gatan och kliver ur vagnen för att dela ut godis till arbetarbarnen. Han har för vana att linda in godisbitarna i små knyten av papper som han slänger ut på gatan. Sedan observerar han hur barnen kastar sig över de små paketen. Ibland blir det slagsmål varvid greve Diedrik gormar så att ungarna blir skrämda och sansar sig. Han noterar att det är pojkarna som roffar åt sig det mesta av godiset. Flickorna står mest och tittar på med suktande blickar. De skulle blivit utan godis om inte greve Diedrik själv sparat några knyten som han personligen ger till dem. De niger och tackar, vilket lockar fram ett leende hos honom.

Frampå sensommaren blir det lite livligare i byn. Det är då dags för arbetarfruarna att ta hem ved inför den stundande hösten och vintern. Försedda med handdragna kärror beger de sig till sågen för att samla in bränsle. En stor del av detta består av plankor med barken kvar som Taggen sågat upp till mindre bitar för att kunna eldas i kaminer och öppna spisar. Ibland uppstår diskussioner mellan vedhämtarna då en del bara tilldelas barkbitar och andra får rejäla trästycken. Taggen, som kallar vedhämtarna för "galna kärringar", ryter i åt dem att "de får ta vad som ges". Många av dem söker sig också till intilliggande skogsparti där de plockar grenar och kottar som komplement. Ibland är det ont om tillgängligt bränsle. Då brukar Kottfrid hänvisa till utrensat sly som torkat på skogsskiftena och som skogshuggarna hugger upp till lämplig storlek. Arbetarfruarna får sedan dra sina kärror till avhuggningsplatserna och samla upp träbitarna.

Varje år infaller marknaden på en lördag-söndag i slutet av augusti. Det innebär stora förberedelser och engagerar framför allt arbetarfruarna. Snickrade bord plockas fram ur gömmor i en snickarbod som ligger i ena änden av byn. De placeras utefter bygatan i två långa rader framför husen och är uppdelade i mindre stånd som är takförsedda. Varje hushåll har ett eller två stånd där hemgjorda eller hemodlade produkter marknadsförs. Även produkter från mejeriet och hemslöjdsboden finns representerat. Marknaden brukar vara välbesökt och folk kommer ända från den närbelägna staden.

Mest populärt är ostar av olika slag och storlek samt får- och getmjölk. Skalleholms ädelost, Blå Skalle, är en av favoriterna. Det sprider sig en aromatisk doft från afrocia-produkterna över marknaden, vilket bidrar till en känsla av välbehag hos alla besökare som blir på gott humör och ökar köpvilligheten. Även de något större barnen deltar i marknadskommersen och är behjälpliga på olika sätt.

Detta år regnar det när marknadsplatsen görs i ordning ett par dagar innan marknadens öppnande. Alla är oroliga för att regnet skall bestå under själva marknaden med resulterande dålig försäljning. Man gräver små kanaler framför saluborden för att dränera bort vattnet och barnen hjälper till att skyffla bort nederbörden. Man väntar till sista minuten med att plocka fram varorna. Så blir det lördagsmorgon och alla tittar ut för att se om vädret förhoppningsvis har förbättrats under natten. När de ser att det är molnfritt och solen sticker upp över åkrarna blir alla glada och det tjoas och sjungs under framplockandet av produkterna som skall säljas. De minsta barnen hoppar i vattenpölarna och då de skvätter upp på borden blir de åthutade av arbetarfruarna.

Klockan tolv på lördagen går startskottet för årets marknad. Mitt Jägermeister skjuter salut som följs av unison sång och Skalleholmshymnen skallar mellan husen. Greve Diedrik och friherrinnan liksom Winnar finns med och detta år har Winnar ombetts att hålla marknadstalet. Han ställer sig på en något vinglig trälåda och påkallar tystnad. Så börjar han talet och berömmer alla som engagerat sig i marknaden och hoppas på god försäljning. Plötsligt kommer han av sig och vänder sig mot Molly för att få hjälp. Men Molly är inte där han trodde att hon var så han ropar efter henne. Åhörarna börjar fnissa och samtala sinsemellan. Men Winnar kommer strax på vad han skulle säga och för att åter få tyst på surret stampar han kraftigt på trälådan. Med ett brak går det hål i den och Winnar fastnar med foten. Nu börjar alla gapskratta varvid greve Diedrik höjer rösten och manar till allvar. Några jordbruksarbetare hjälper Winnar som linkar bort från marknadsplatsen.

Besökarna är många och de trängs och knuffas framför stånden. Stadsborna vill pruta på varorna och gestikulerar med armarna och pratar högljutt. En del av arbetarna börjar festen bakom mejeriet där man serverar hemmagjort "bränsle". Veke Planta från trädgårdsgruppen står för utskänkningen. Han har placerat ut ett antal krus med tappkranar på ett långbord och var och en, som så önskar, får fylla sin medhavda mugg med dryck. Utskänkningen brukar börja ett par timmar innan invigningen. När så denna kommer är somliga ganska berusade och lullar omkring bland besökarna under resten av dagen.

När solen sänker sig över grantopparna börjar man plocka bort varorna och stänga ned stånden. Besökarna drar iväg och endast förfriskade arbetare blir kvar och sitter i grupper och sjunger fosterlandsånger. Arbetarfruarna plockar fram sopkvastarna och städar av runt stånden. När de kommer till de sjungande arbetarna hytter de med kvastarna och försöker köra iväg dem. När mörkret lagt sig över marknadsplatsen blir det tomt och tyst.

Det blir söndagmorgon och man plockar fram sina produkter igen för en ny marknadsdag. Plötsligt samlas alla arbetarfruarna mitt på vägen och bara stirrar ned på ett stort stenföremål som ligger i gatans mitt. Några av dem tillkallar sina respektive för att få råd om vad det är och hur man får bort föremålet. En av jordbruksarbetarna säger sig veta att det är en kvarnsten. En rund och flat sten som mäter drygt en meter i diameter och ungefär tjugo centimeter i tjocklek. Det uppstår diskussioner om var den kommer ifrån och vem som lagt den där mitt på vägen. Arbetarfruarna ber männen flytta bort stenen innan marknaden startar. En av jordbruksarbetarna säger att den säkert väger ett ton och att man inte bara flyttar den för handkraft. Några av männen böjer sig ned mot stenen för att ta tag och rubba den. Men det händer ingenting. Man tillkallar Vidar Åkerfeldt för att få hjälp med att lösa problemet. När han dyker upp börjar han skratta. Han konstaterar att någon har velat skoja med marknadsfolket. En av drängarna beordras att hämta en häst och spänna för en skogskälke. Med hjälp av spett och slanor försöker man baxa upp stenen på kälken. Väl på plats smackar man på hästen, som lägger sig i selen och drar. Inget händer. Vidar säger åt drängen att hämta ytterligare en häst. Båda spänns för kälken och börjar dra. Kälken rubbar sig inte. Vidar kliar sig i huvudet och böjer sig ned efter en granruska som ligger under ett av marknadsborden och rappar på hästarna. Med ett ryck kommer hästarna iväg men kälken blir kvar och går sönder under stenens tyngd. Klockan börjar närma sig tolv och Vidar säger att stenen får ligga kvar under marknaden. Några av arbetarfruarna plockar bort trärester från kälken

och placerar en stor bukett med afrocia-blommor i en spetsig
vas som man sätter i kvarnstenshålet. Snart känner man hur
den starka, säregna och sötaktiga doften från blommorna
sprider sig över marknadsplatsen. Alla närvarande blir
påverkade och börjar skratta, skutta och sjunga.

Även under den andra marknadsdagen skiner solen och
stämningen är på topp. Folk strömmar in och kommersen blir
livlig. Bakom mejeriet är det full fart på utskänkningen. Greve
Diedrik går en inspektionsrunda och konstaterar att
försäljningen går som förväntat. Så får han syn på
kvarnstenen. Han letar upp Vidar och undrar hur den kommit
dit. Vidar skakar på huvudet och säger att någon velat skoja
med marknadsfolket. Greven finner sig inte i detta utan ger
Vidar order om att omedelbart flytta den. Han blir informerad
om att man försökt flytta den men inte lyckats. Han kontaktar
då Winnar, som diskuterar priser med en av arbetarfruarna
och tar honom åt sidan. Winnar säger sig ha sett stenen men
tycker inte att den ligger i vägen på ett störande sätt.
Dessutom sprider sig doften av afrocia-blommorna och ger en
positiv effekt på försäljningen.

Greve Diedrik kan inte acceptera detta utan vänder sig till
Mitt Jägermeister som också finns på marknadsplatsen. Han
förklarar att man inte kan ha stenen kvar mitt på gatan då
den blockerar hans färdväg med hästspannet. Mitt förklarar
då att stenen skall flyttas så snart marknaden är slut, men
greve Diedrik står på sig och beordrar flytt av stenen
omedelbart. Under diskussionerna har det samlats mycket
folk kring greven och man tisslar och tasslar. Han blir då störd

och säger med gäll röst att alla närvarande skall hjälpa till med att flytta stenen. Ett antal manspersoner beger sig dit och försöker med handkraft att rubba den ur sitt läge. Men den ligger kvar. Någon av besökarna som irriterat sig på greven säger att han kan ju försöka själv. Nu blir greve Diedrik riktigt arg och börjar gorma långa haranger på tyska som han brukar göra. Han ber Mitt hämta block och talja och instruerar själv hur dessa skall fästas runt stenen. När anordningen är färdig pekar han mot ett par kraftiga karlar bland besökarna och säger åt dem att fatta repändan och börja dra. Sagt och gjort, stenen börjar röra sig någon centimeter i taget. Efter en stund har man lyckats baxa stenen till sidan av gatan där den blir liggande framför ett av arbetarhusen vars stånd man tvingats riva ned. Alla besökare står och tittar på och hejar och hurrar varje gång stenen rör sig. Flytten har tagit ungefär två timmar och greve Diedrik beklagar spektaklet och talar om att marknaden skall fortsätta som vanligt. Med näsan i vädret kallar han till sig egendomens befattningshavare och påpekar att de är odugliga som inte kan flytta en sten. Åter blir det diskussioner och greve Diedrik påpekar att man borde lyssna lite oftare på honom.

Marknaden är slut när det börjar skymma. I ljuset från fotogenlampor plockas alla stånd ner och gatan sopas ren. Arbetarfruarna liksom personalen i mejeriet och hemslöjdsboden är mycket nöjda och skryter om hur mycket de har tjänat under marknadsdagarna.

Påföljande morgon börjar en ny arbetsdag igen. När arbetarna kommer ut på gatan ser de till sin förvåning att kvarnstenen är borta. Man pratar med varandra och med förundrande miner beger de sig till sina arbetsplatser. Vidar och Mitt har också fått vetskap om att stenen är borta. De slår följe till bygatan och kan konstatera att stenen inte finns där längre. De funderar på vem som tagit bort den och hur detta har gått till. De går runt på tomterna och letar efter spår men ger så småningom upp då allt ser ut som det brukar. Under hela hösten pratas om kvarnstenen som ett mysterium som ingen kan lösa. Även Winnar klurar på mysteriet och berättar om det för sin familj som tillbringat helgen i svampskogen. Kal och Per tittar på varandra och börjar fnissa. Winnar undrar vad som är så roligt och de brister ut i gapskratt. När de sansat sig berättar de att det nog var Jätten som varit framme. Jätten arbetar vid kvarnen och bor på en av arrendegårdarna. Han ansågs vara världens starkaste man bland ortsbefolkningen. Winnar lyssnar och bestämmer sig för att höra sig för på den arrendegård där Jätten skulle bo.

Senare på dagen gör Winnar ett besök på arrendegården och frågar efter Jätten. Man pekar på ett stort stenhus invid skogen och hänvisar dit. Men, säger de, var försiktig för han kan vara ilsk och då bör man springa därifrån så snabbt som möjligt. Winnar tar mod till sig och knackar på Jättens port. Strax öppnas dörren på glänt och en djup basröst frågar vad som står på. Det är mörkt i dörrspringan så Winnar ser inte vem som finns där bakom. Han harklar sig och undrar om Jätten vet något om en kvarnsten som funnits på bygatan. Ett

dovt muller hörs inifrån huset och dörren öppnas. Winnar ser
då en jättestor man som skrattar så hela kroppen hoppar.
Han förklarar då att han heter Kalfred Bjesse och arbetar vid
kvarnen och ibland i stenbrottet. Han skulle byta den gamla
kvarnstenen mot en ny som kommit från stenbrottet.
Transporten av den nya stenen hade skett på en täckt kärra
och levererats till gårdscentrum. För att inte störa på
marknaden hade jätten burit den nya stenen till kvarnen på
lördagsnatten. Sedan skulle han bära den gamla kvarnstenen
till kärran för återtransport till stenbrottet. Men när han
passerade på bygatan snubblade han till då han blev skrämd
av ett väsande ljud, släppte stenen och sprang därifrån. Han
hämtade sedan stenen under natten till måndagen och
placerade den i kärran. Winnar tackar för informationen och
beger sig hem. Han tar vägen över gårdscentrum för att
kontrollera om kärran med den gamla kvarnstenen står kvar.
Han går fram till en täckt kärra utanför ladugårdsbyggnaden,
lyfter på tyget som täcker flaket och konstaterar att där låg
stenen. En dag senare var kärran borta och Winnar berättade
inte för någon om sitt besök på arrendegården utan tyckte att
det kunde förbli ett mysterium.

KUNGLIGT BESÖK.

Det är vår i luften. Majsolen kastar sina strålar över Skalleholm. I slottsparken jobbas det för fullt och man beskär buskar och träd efter en lång vinter. Viola Blom dirigerar arbetet och placerar ut blommor och buskar som vinterförvarats i det uppvärmda orangeriet. Fontänen rengörs och alla stenstatyer ses över och häckarna klipps. Bakom den ena flygelbyggnaden ser man en matta av gyllene gullvivor med inslag av blå vårblommor. Lite längre ut mot skogen lyser stora fält av vitsippor. Det blåser lite kallt emellanåt men solens strålar har börjat värma något.

I slutet av månaden väntar slottet på förnämt främmande. Kungen och drottningen kommer på besök. Det är planerat att de skall vistas på slottet under en veckohelg och bli guidade runt på egendomen. Kungen har hört talas om den besynnerliga växten afrocia och är nyfiken på dess doftegenskaper. Drottningen är intresserad av vävning av dekorativa bonader och skulle gärna vilja besöka Skalleholms vävstuga. Inne i slottet fejas från morgon till kväll och man iordningställer de rum som är tänkta för kungaparet. Mitt

Jägermeister har snidat en träskylt och målat "Kungens och drottningens residens" med guldbokstäver. Den skall sättas upp på en tillfällig dörr i ena änden av korridoren på det övre planet i slottet. Bakom denna finns en svit av rum bestående av två sovgemak, var och ett inrett med stor dubbelsäng försedd med draperad sänghimmel, ett frukostrum och två sällskapsrum med tidstypiska möbler och antik inredning.

Den stora dagen närmar sig och greve Diedrik och friherrinnan yrar runt i slottet och kommenderar pigorna att städa bättre. Fru Tossa är upphetsad och springer runt i slottsgemaken och anmärker på pigornas arbete. Den ende som tar det lugnt är butlern, mister Jones. Han går runt, lugnar ner pigorna och ger dem komplimanger. Ibland utdelar han i smyg en dask på rumpan varvid pigan rodnar och gör en undvikande manöver. En gång råkade han, av misstag, ge fru Tossa en klapp på baken. Hon blev rasande och greppade en sopborste som hon dängde mot mister Jones ett antal gånger. Han hukade och försökte fly undan men fru Tossa följde efter och till slut fick han nog, lade sig ner på golvet och bad om nåd. Han försäkrade att det var ett misstag som aldrig skulle upprepas. Efter några sparkar mot hans revben gav hon upp och låste in sig på sin kammare för resten av den dagen. Sedan dess går de inte närmare varandra än två meter. Friherrinnan tar alltid fru Tossa i försvar under det att greven försöker mana mister Jones att uppträda mer gentlemannamässigt.

En gemensam kungamiddag är planerad då även Molly och Winnar är inviterade. Esmeralda och Balthasar är bjudna men har inte lämnat besked om de kommer att dyka upp. Sonen Knut och hans maka Catharina har meddelat att de är förhindrade att komma. Man har även planerat en lunch i trädgården om det blir uppehållsväder och då är även Mitt Jägermeister, Vidar Åkerfeldt och Viola Blom inviterade.

Dagen före det kungliga besöket kommer det första vårregnet och man funderar om det går att ordna en utomhuslunch under tak. Viola föreslår att måltiden kan intas i en del av orangeriet som nyligen tömts på växter. Greve Diedrik tycker att det är ett bra förslag men friherrinnan säger sig vara tveksam. Viola försäkrar att lokalen är städad och hon lovar att dekorera med sköna växter. Friherrinnan undrar om det verkligen går att hålla varm mat i orangeriet och om det inte luktar illa i lokalen. Viola säger då att det finns utmärkta uppvärmningsmöjligheter och vad lukten anbelangar så lovar hon att den enda doft man kommer att känna är den från afrocia. Friherrinnan nickar och går med på alternativet.

Bygatan har dekorerats med fräscha ungbjörkar i vilka man placerat gula påskliljor. Efter kungaparets hela kortegeväg har man strött ut vitt smågrus ända fram till slottsporten. Mitt har dekorerat slottsentrén med några ungbjörkar. När greve Diedrik får syn på dem skakar han på huvudet och säger åt Mitt att avlägsna "skogen" på slottets framsida. Mitt gör som han blivit tillsagd och flyttar björkarna till ingången på orangeriet.

I god tid före kungaparets ankomst är slottet redo för de celebra gästerna. Esmeralda och Balthasar har ännu inte dykt upp och greve Diedrik tror inte att de dyker upp över huvud taget. Fru Tossa sopar trappan vid entrédörren och mister Jones tittar på. Han pekar på några ställen och säger att husfrun fuskstädar. Nu utspelar sig en livlig diskussion dem emellan som slutar med att båda står fem meter från varandra och bara skriker. Friherrinnan kommer ut och säger åt dem sluta och ber dem anpassa sig till den etikett som råder på slottet. Slokörade beger de sig in i slottet igen och förbereder kungabesöket.

Den stora dagen har kommit. Tidigt på morgonen spanar slottspersonalen ut och konstaterar att det är mulet men inget regn. Något senare på förmiddagen anländer kungaparet i en sjuglasvagn, dragen av fyra frustande fullblodshästar. Baktill står två livréklädda män och framtill sitter två kuskar på en kuskbock som är klädd i rödskimrande sammet. I kortege bakom ses två rader av ryttare med blågula uniformer och blanka knappar och gyllene sabelfästen. Det rasslar i gruset när de far fram i full fart på bygatan. Vid slottsentrén står mister Jones och fru Tossa på var sin sida av porten. Mister Jones ger ett tecken mot den öppna porten och precis när kungaparet stannar till kommer greven och friherrinnan ut. De båda livréklädda herrarna hoppar av, öppnar dörren till sjuglasvagnen och fäller ut trappstegen. Drottningen, iförd fotsid brokadklänning, kliver försiktigt ut och följs av kungen som bär amiralsuniform. De hälsas välkomna av greveparet och blir stående en stund utanför slottet och samtalar innan de beger sig in genom porten.

Drottningen råkar snubbla på stentrappan men behåller balansen. Däremot faller hennes diamantprydda diadem ned mot marken. Mister Jones ser det och rusar fram för att ta upp diademet. Han greppar det och går fram till drottningen. Han börjar buga sig inte bara en gång utan kanske ett tiotal gånger. Drottningen blir lite otålig och sliter diademet ur mister Jones hand. Det vill sig inte bättre än att några diamanter faller ur och hamnar i det vita gruset framför porten. Mister Jones bugar igen, ber om ursäkt och kastar sig på marken för att leta efter diamanterna. Friherrinnan ber kungaparet att stiga på och kungen går in men drottningen blir kvar och håller ett öga på butlern. Hon säger att det är viktigt att man hittar de ädla stenarna då diademet tillhör de kungliga släktklenoderna och är ovärderliga.

Medan mister Jones kravlar omkring i gruset kommer fru Tossa och de båda pigorna ut för att hjälpa till. Alla börjar kräla runt i gruset under drottningens uppsikt. Ibland pekar drottningen åt ett håll där hon tror att diamanterna finns och alla kryper då ditåt. Sedan pekar hon åt ett annat håll och alla kastar sig dit. Efter någon timme ger drottningen upp och ledsagas av fru Tossa in i slottet. Letandet fortsätter och den fina vita ytan på marken antar mer och mer en grå nyans då de vita stenarna skingras. Pigorna tröttnar och går in i slottet för andra göromål. Men mister Jones fortsätter sökandet ända tills mörkret faller, utan att hitta diamanterna. Greve Diedrik och friherrinnan beklagar det inträffade och byter samtalsämne.

Sjuglasvagnen körs bort till vagnslidret och hästarna stallas in på lediga spiltplatser. Den medföljande hovpersonalen ställer upp sig inne på gårdscentrum i två led och börjar marschera mot härbärget utanför byn. Här har man ordnat för inkvartering och arbetarfruarna iklädda sina finkläder serverar mat och dryck. Hela natten hörs ett livligt skrålande och tumult utbryter varvid möbler och andra föremål kastas omkring både inne i härbärget och utanför. Arbetarna i byn kan inte sova för allt oväsen utan beger sig till härbärget för att lugna ned gästerna. De blir inblandade i slagsmålen men ger sig inte förrän alla gäster har golvats. Då har det blivit morgon.

Efter en enkel frukost för kungaparet i slottets magnifika matsal blir det dags för visning av egendomen. Kusken Ivar hämtar upp gästerna vid slottet. Greveparet och kungligheterna tar plats i slottets öppna landå och en rundtur startar under vilken greve Diedrik berättar om egendomens kulturella och funktionella aktiviteter. Efter avslutad visning stiger drottningen och friherrinnan ur hästvagnen vid vävstugan för att närmare titta på brokadvävning. Kungen och greve Diedrik fortsätter till trädgårdsmästeriet där Winnar möter upp. Han berättar historien om hur afrocia kom till Skalleholm och hur det går till att skörda och tillvarata de olika delarna av växten. Kungen lyssnar och avbryter då och då för att få lite närmare information om vissa saker. Inne i ett av växthusen plockar Winnar fram ett blomextrakt och låter kungen få dofta. När Winnar försöker ställa undan det protesterar kungen och greppar Winnars arm och håller

glasburken med extraktet under näsan. Efter en stund får han
en stirrande blick och börjar utstöta frustande läten. Han
börjar småhoppa, släpper Winnars arm och rusar ut ur
växthuset i riktning mot slottet. Han öppnar slottsporten och
ropar på friherrinnan. Men hon är inte hemma och fru Tossa
förklarar att hon kommer litet senare. Nu går kungen fram
mot henne, omfamnar henne och börjar tafsa på klänningen.
Fru Tossa blir bestört och sliter sig ur kungens grepp och ger
honom en rungande örfil. Kungen står bara och stirrar och
förmår inte göra någonting. Fru Tossa ropar på mister Jones
och ber honom hjälpa kungen till gemaken på övervåningen.
Men kungen protesterar och skyndar mot porten, öppnar den
och går med raska steg bort mot byn.

I vävstugan blir drottningen guidad av föreståndarinnan, Bita
Knuth, och hon undrar om man skulle kunna göra en
rojalistisk bonad till ett av gemaken hemma på det kungliga
slottet. Jodå, men det tar ett antal månader att tillverka en
sådan, säger Bita. Drottningen lovar att leverera underlag till
önskat mönster. När de står där och spekulerar öppnas
plötsligt dörren till vävstugan och kungen stormar in. Han går
fram till drottningen och omfamnar henne. Drottningen blir
förlägen, sliter sig loss och tar upp en liten visselpipa som hon
blåser i. Strax kommer två livréklädda livvakter inspringande
och drottningen ber dem att omedelbart hjälpa kungen till
slottet. De tar tag i kungens armar och lotsar honom ut ur
vävstugan. Trots kungens krumbukter att bli fri lyckas de föra
honom till slottet.

Lite senare på kvällen blir det åter harmoni på Skalleholm. Man har dukat upp ett ståtligt middagsbord i matsalen och kungaparet infinner sig och bjuds på en fördrink vid ett avsides dryckesbord. Ingen vill tala om eftermiddagens händelser utan man pratar om Skalleholms historia och dess anknytning till tidigare kungahus. Så blir det dags för hedersmåltid och kungaparet sitter i tronliknande fåtöljer i var sin ända av matbordet. När det är dags för varmrätten öppnas matsalsdörren och in kommer Esmeralda och Balthasar. De hälsar artigt på kungaparet och framför ursäkter för den sena ankomsten. Medan Esmeralda har utläggningar om hur svårt det varit med transporten från Tyskland går Balthasar direkt till drinkbordet och sveper en whisky. Serveringspigorna tar fram ytterligare kuvert till de nyanlända gästerna som sätter sig till bords och låter sig väl smaka.

När desserten dukas fram reser sig Balthasar, påkallar tystnad och börjar hålla ett tacktal. Greve Diedrik försöker tysta ned honom och gestikulerar åt honom att sätta sig ned. Men han ger sig inte utan tar upp en skrynklig lapp ur fickan och läser från den. Talet är på tyska och kungaparet har lite svårt att förstå. Esmeralda märker att högheterna inte riktigt hänger med. Hon reser sig, tar lappen från Balthasar och börjar översätta. Strax avbryter hon då texten snarare var avsedd för ett hälsningsanförande till en roddarförening i Tyskland. Hon sätter sig ned och bannar Balthasar som småler och nickar mot drottningen. Middagen avslutas och gästerna samlas i ett angränsande rum för kaffe med avec.

Dagen lider mot sitt slut och gästerna går till sina respektive rum. Någon timme efter det att kungaparet lagt sig för att sova, reser sig kungen i sängen, tar på tofflorna och lämnar kungasviten smygande. Efter en stund vaknar drottningen och märker att kungen inte ligger i sin säng. Hon går då upp, tar på sig en guldbroderad morgonrock och trär i fötterna i ett par skinnvadderade tofflor och traskar ut i korridoren utanför sviten. Då det är mörkt trevar hon sig fram utefter korridorväggen och passerar en rad sovrumsdörrar. Vid varje dörr stannar hon och lyssnar då hon tror att kungen gått in i fel rum på sin väg från toaletten. Men överallt är det tyst sånär som i det rum som bebos av Balthasar och Esmeralda. De grälar högljutt men eftersom det sker på tyska kan inte drottningen uppfatta vad de säger. Hon tassar vidare nedför trappan till mellanvåningen och lyssnar även där vid alla dörrar som hon passerar. Då hon inte hör något fortsätter hon ned till entrévåningen och snokar runt. Allt är tyst och drottningen börjar bli orolig. Hon går till ett av de stora fönstren som vetter ut mot baksidan och står där och tittar en stund. Med ett knirrande ljud går dörren upp och någon smyger mot trappan. Då skriker drottningen till. I det svaga skenet från ett par fotogenlampor på väggen ser hon att det är kungen som står där. En diskussion uppstår och kungen bedyrar att han bara smitit ut en stund för att få lite frisk luft. Drottningen undrar varför han inte kunde ha öppnat ett fönster i sovrummet. Men han tittar ned i golvet och säger att han behövde röra på sig också. Drottningen tittar ut genom fönstret igen och ser då att det lyser i ett av pigornas rum i flygeln. Utan att säga ett ord beger sig kungaparet åter till sitt nattkvarter på den övre våningen.

Följande morgon lyser solen över Skalleholm. Personalen är i färd med att rusta för lunch i parken. Greve Diedrik och Balthasar strövar runt och tittar på alla stenfigurerna. Plötsligt stannar Balthasar upp framför en staty föreställande en naken kvinna. Han rodnar och tycker att man borde klä på damen. Något sådant kan man inte se i Tyskland. Greve Diedrik förklarar att statyn är gjord av en mycket känd stenhuggare som en tid vistats vid egendomens stenbrott där han skapat ett par av parkens skulpturer. Esmeralda dyker upp och när Balthasar ser att hon närmar sig den nakna kvinnan leder han bort henne till en annan del av parken. De hamnar då framför en staty som föreställer en naken mansperson. Balthasar märker inte detta då han står med ryggen mot statyn. Esmeralda synar stenfiguren nedifrån och upp och tittar sedan på Balthasar och utbrister, "tänk om du såg ut så där". Balthasar vänder sig om och håller händerna för ögonen när han får syn på vad statyn föreställer. Esmeralda tar tag i armen på Balthasar och de promenerar bort mot lunchbordet.

Förvaltningscheferna hälsar på kungaparet och samtliga slår sig ned vid lunchbordet. Kungen kommer i samtal med Winnar och de pratar om den doftande parfymen från gårdagen. Kungen undrar om han skulle kunna få med sig lite av den för att fräscha upp hemma på slottet. Drottningen lyssnar på konversationen och minns hur kungen hade betett sig när han doftade på den. Hon säger att hon inte tycker om den sortens parfym och menar att den aldrig kommer in i det kungliga slottet.

Serveringspigorna springer mellan slottsköket och lunchbordet för att inte maten skall kallna innan den kommer till gästerna. Ibland krockar de på vägen och tappar ut innehållet på brickorna. Speciellt en av pigorna är lite valhänt och råkar tappa ett fat med trancherad rapphöna på gräsmattan. Hon tittar sig omkring och då ingen ser på henne vänder hon ryggen till matgästerna och lyfter upp fågelrätten på brickan igen, lägger skivorna på plats och noterar att det kommit gräsklipp på delar av maträtten. Hon böjer sig ner ännu en gång, tar en näve gräsklipp och strör över hela fågeln. När fågelrätten är serverad undrar Balthasar vad det var för grön krydda som täcker rätten. Först frågar han Esmeralda som sitter vid hans sida. Hon skakar på huvudet. Då vänder han sig mot friherrinnan med samma fråga. Även hon bara skakar på huvudet. När Molly tillfrågas säger hon att hon känner igen smaken men kan inte precisera den. Drottningen undrar vad de tisslar om och Esmeralda förklarar då att Balthasar undrar vad för sorts krydda det gröna är. Drottningen luktar och smakar på den och säger att hon känner igen doften men avstår från ytterligare kommentar. Sedan börjar man prata om andra saker och den gröna kryddan faller tillfälligt i glömska. Efter lunchen avnjuts kaffe med avec och man står vid en av blomsterrabatterna. Drottningen råkar då tappa en kaka i gräset. Hon tar upp den och noterar att även den var beströdd med den gröna kryddan. Nu tycker hon att det är dags att någon avslöjar vad det är. Hon ger kakan till kungen som känner igen kryddlukten och han i sin tur överräcker den till greve Diedrik som är i livligt samspråk med Vidar. Han tar kakan utan att titta på den, stoppar den i munnen och spottar ut den omgående. Han vänder sig till kungen och undrar om kungen behagar skämta. Kungen tittar oförstående på greve Diedrik och ber om en förklaring.

"Kakan har legat i gräset och här på Skalleholm äter bara djuren gräs", säger greve Diedrik med eftertryck.

"Men, det är ju samma krydda som på varmrätten", kontrar kungen.

Greven kliar sig i huvudet och försöker komma ihåg kryddningen på varmrätten.

"Nej, det tror jag inte".

"Jodå, det är jag alldeles säker på", säger kungen.

Greve Diedrik vänder sig mot Vidar och ber honom förklara för kungen. Men han bara vrider på sig, rodnar och försöker byta samtalsämne. Nu börjar greve Diedrik bli arg och vänder sig till Mitt. Denne tittar ned i backen och låtsas som han inte hör. Vreden hos greve Diedrik tilltar och han frågar Winnar. Denne viskar till då till greven och ber honom att lugna ner sig och förklarar att det måste skett en olycka vid transporten av varmrätten från slottsköket till lunchbordet. När greve Diedrik hör detta känner han skammen krypa över kroppen. Vilken skandal!

"Hur skall vi klara oss ur den här knipan", undrar han.

"Jag har en lösning på problemet", svarar Winnar.

Winnar höjer rösten och påkallar lystring.

"Det har kommit till min kännedom att ni undrar vad för slags grön krydda som prytt måltiden", säger han med hög röst.

"Nu är det så att här på Skalleholm har vi specialiserat oss på kryddor och dofter och idag har vi provat en helt ny variant. Den heter *grass* och vår förhoppning är att den smakat väl".

Alla utom Vidar, Mitt och Viola nickar medhållande. Kungen går fram till Winnar och ber att få ta med sig en påse med den nya kryddan. Winnar säger då att det inte finns så mycket av den men skall se vad han kan ordna. Hans förhoppning är att kungen skall glömma bort det hela och låter saken bero.

Tiden har kommit då det är dags för avfärd. Sjuglasvagnen rullar fram till slottsporten och kungaparet kliver in. Greve Diedrik, friherrinnan och fru Tossa vinkar. Mister Jones bugar djupt och slutar inte förrän kungaparet med sitt följe inte längre syns.

TÄVLINGEN PÅ SKALLEHOLM.

Snön faller med stora flingor. Det har snöat oavbrutet i två veckor och en halv meter snö täcker hela nejden. Allt är vitt. Många är engagerade med att skotta bort snön från bygatan och småvägar mellan husen i slottets närhet. Stora högar bildas till barnens stora lycka. De bygger snökojor, kastar snöboll och rullar runt i drivorna. Ibland blir en snöboll missriktad och far in genom något fönster på bygatan. Det är också ett antal minusgrader och snålblåst som gör att den nedfallande snön bildar porösa drivor som ökar och minskar i storlek beroende på vindens hastighet och riktning. Alla är väl påpälsade och har stora och värmande skinnmössor neddragna över ansiktet så att bara ögonen syns som små korpgluggar.

Mister Jones är sysselsatt med att sopa snö runt slottet. Fru Tossa har synpunkter på hans skottning och ropar åt honom att sopa mera intensivt och avlägsna snöhögarna som han lägger upp mot husfasaden. Vid ett tillfälle när han sopar på slottets baksida går han fram till fru Tossa, räcker fram sopkvasten och säger åt henne att sopa själv. Hon tar sopkvasten och sopar frenetiskt mot mister Jones skor. Han flyttar sig vartefter och efter en stund har hon sopat ut honom till staketet. Hon slänger sopkvasten över staketet och ut på isen utanför bryggan och säger åt mister Jones att hämta den.

För att komma dit måste han gå ned till bryggfästet och därifrån ut på isen. Det tjocka snölagret gör det omöjligt att komma dit utan att först skotta en väg. Han hämtar en snöskyffel och banar sig väg till bryggfästet. Väl där så skottar han ut på isen och konstaterar att den verkar bära hans tyngd och går försiktigt ut för att hämta sopkvasten. Precis när han skall greppa sopskaftet knakar det till och mister Jones halkar till på isen. En spricka bildas som snabbt blir ganska bred och mister Jones hamnar i det iskalla vattnet. Förgäves ropar han på hjälp. Med sprattlande rörelser lyckas han ta sig upp på iskanten. Frustande av köld beger han sig till sitt logi i slottsflygeln och byter till torra kläder. Nu är han ilsken på Fru Tossa som utsatt honom för denna köldchock, går raka vägen in i slottet och ställer sig i trapphuset och skriker på fru Tossa. Strax dyker hon upp med pigorna i följe. Han berättar om sin eskapad och pigorna fnissar. Fru Tossa säger att han får skylla sig själv. Han borde veta att det är strömt vatten utanför bryggan och borde förstått bättre.

Från vagnslidret plockar man fram slädar och kälkar. Denna dag skall man ha en slädtävling. Man har stakat ut en körbana som sträcker sig runt en stor del av Skalleholms egendom. Delvis följer banan stigarna i en av de stora granskogarna förbi ett par av arrendegårdarna. Förra året vanns tävlingen av Taggen. Tiden var ungefär två timmar. Han var först i mål men man misstänkte att han fuskat genom att ta en kortare väg i skogspartiet. Fyra ekipage ställer upp. Slädarna plockas fram och selade hästar spänns för. De frustar och sparkar i marken så bjällrorna skallrar och är ivriga att komma iväg. Deltagare är Taggen, Kottfrid, Winnar och Pigge Fikonkvist från trädgårdsmästeriet. Vid inspektion av hästarna ser Kottfrid att hans häst saknar grepp och hakar. Han spänner av hästen och leder den till smedjan som är belägen invid ladugården. Inne i smedjan jobbar ett gift par, Boerje Smide och Candu Smide. Båda är inflyttade från Gotalandsön, han är storväxt och grov och inte speciellt vältalig och hon är smal och flink i fingrarna. Deras två pojkar är jämnåriga med Kal och Per.

"Skulle jag kunna få hästen vinterskodd", frågar Kottfrid.

"Hö", svarar Boerje. Det betyder jadå på gotalandsspråket.

"Jag skall tävla med hästen om en stund och behöver omedelbar hjälp", säger Kottfrid och stirrar på den store bjässen.

"Hö, vaere for tevling", mumlar Boerje.

"Det är Skalleholmsmästerskapen i kälkkörning", svarar Kottfrid.

Boerje går bort till ett skåp, öppnar dörren och plockar fram grepp och hakar ur en låda. Sedan går han till hästen, lyfter upp ett ben i taget och skruvar dit vintertillbehören.

"Nu é det ferdigt, men tjår forsiktit", säger han samtidigt
som han klappar till hästen på länden så att den niger och gör
ett skutt framåt. Kottfrid tar i av alla krafter för att baxa ut
hästen från smedjan och spänner för kälken. Racet kan börja.

 Alla fyra spannen står uppställda utanför gårdscentrum.
Greve Diedrik iförd stor vargskinnspäls och pälsmössa står vid
sidan och plirar med ögonen. Mitt Jägermeister laddar sitt
gevär med en patron och ropar att när skottet går skall
ekipagen sätta igång. Pang, och de är iväg. Det blir lite trångt
inledningsvis. Winnar och Taggen fastnar lätt i varandra
varvid den senare svär och viftar med tömmarna. Winnar
saktar ned och låter Taggen skynda iväg. Strax ser man bara
ett stort snömoln där ekipagen farit fram. Kottfrid har tagit
täten och kollar ideligen var de andra befinner sig. Han är
speciellt uppmärksam på Taggen som han misstänker
kommer att ta genvägar för att komma först i mål.

Efter ett par timmar dyker första ekipaget upp vid byn. Det är
Taggen som, ivrigt manande på hästen, kommer stormande
så att kälken slänger från den ena sidan till den andra.
Framme vid målet gör han en sladd, hoppar av kälken,
spänner av hästen och för in den i stallet. Greve Diedrik går
fram till honom och undrar hur racet varit. Taggen, som
dryper av svett, torkar av ansiktet med ärmen och säger att
han är vinnaren. De andra har inte haft en chans. Greven
frågar lite försynt om han verkligen hållit sig till den bana som
utstakats för tävlingen. Taggen tittar till på greven och säger
att han inte har med det att göra.

En bra stund senare kommer de andra tre ekipagen upp mot
målet. Kottfrid ser att Taggen redan spänt av sin häst och
rusar in i stallet för att förhöra sig om hans körväg.

"Du kan inte hållit dig till den markerade vägen", säger
Kottfrid och tar tag i armen på Taggen.

"Jag förstår att ni är avundsjuka på mig för att jag har haft
en hypersnabb häst", svarar Taggen.

Men Kottfrid nöjer sig inte med det svaret utan säger:

"Alla hästarna är likvärdiga och jag tror att du ljuger. I det
stora skogspartiet som vi passerade igenom fanns inga
kälkspår framför mig. Jag har legat först hela vägen".

Nu börjar Taggen bli otålig och tar en fylld vattenkanna och
kastar mot Kottfrid. Denne blir då vansinnig och rusar fram till
Taggen och vräker omkull honom på stallgången. Han sätter
sig gränsle över Taggen som försöker frigöra sig med slag och
sparkar. Men Kottfrid ger sig inte utan håller kvar honom ett
bra tag.

"Jag ger mig. Men ni har inga bevis för att jag avvikit från
den planerade körvägen. Och vilken väg skulle jag ha åkt?",
säger Taggen.

Kottfrid släpper upp Taggen och ber honom att fara dit
pepparn växer. Han går sedan till Winnar och berättar om
handgemänget. Winnar klappar Kottfrid på axeln och säger
att nästa år är Taggen utesluten från vinterracet.

STENBROTTET.

Stenbrottet är beläget mellan två av arrendegårdarna. Här har man brutit sten sedan urminnes tider. Mestadels är det kalksten med inslag av fossiler från svunnen tid som efter bearbetning används till byggnadsmaterial och konstnärliga alster. Med tiden har brottet blivit allt djupare och omges av branta och lite rödaktiga, stupande väggar. En krokig väg leder ned till brottets botten där ett antal stenhuggare arbetar för fullt med att bryta loss stora stenblock från väggarna. Blocken transporteras sedan upp till ett stort skjul där de bearbetas till slutlig produkt med hjälp av hammare och mejsel. Stenbrottet sysselsätter ett tjugotal stenhuggare. De flesta av dem är relativt unga och når sällan hög ålder på grund av yrkesskador. Den vanligaste är stenlunga som beror på att stendamm andas in hela dagarna och ansamlas i lungorna, vilket leder till svåra andningsproblem och dödsfall. Det är också vanligt att det förekommer krosskador på händer, armar och ben. Då arbetet är relativt väl betalt är det många yngre män som söker sig till stenbrottet, vilket innebär att rekryteringen är god. Man har utvecklat ett lärlingssystem där man ganska tidigt kan avgöra vilken typ av arbete som lärlingarna skall vidareutvecklas i. De som har visat prov på konstnärliga anlag utbildas till skulpturalt arbete. Andra får välja mellan brytning i brottets botten eller färdigställandet av stenmaterialet till slutlig produkt som byggmaterial eller markplattor. Knackandet i sten hörs vida omkring och lockar många nyfikna. Ibland händer det att vilda djur ramlar ner i brottet. De som dör där eller inte kan ta sig därifrån på grund av benbrott eller liknande tas om hand av stenhuggarna och slutar på deras matbord. I skjulet finns en lista med signaturer för de olika arbetarna och en rörlig pil som anger vem som står i tur för viltkött.

Arbetet i stenbrottet är väl organiserat mycket tack vare den ansvarige stenhuggarmästaren Sten Brottare. Han började i stenbrottet i mycket unga år och besväras av andningsproblem, vilket har resulterat i en påtaglig heshet och hosta. Han har tillverkat en ansiktsmask av tyg som han alltid bär utom när han pratar. Han har propagerat för att alla skall tillverka liknande andningsskydd och bära dem under arbetets gång. De flesta yngre männen har lyssnat på förslaget och ett antal olika typer av andningsskydd ses, vilket gör att de ser ut som maskerade banditer. Kottfrid, som begåvats med en viss typ av humor, brukar säga att det är en träningsverkstad för tjuvar och banditer. I egenskap av skogvaktare har Kottfrid ett visst ansvar för den vedeldade förbränningsugn som finns vid stenbrottet. Här bränner man vissa stenar som då ges ett speciellt utseende och karaktär för specifika ändamål.

Kottfrid och Sten känner varandra sedan länge och talar ofta om att starta upp ett nytt stenbrott på andra sidan sjön. Kottfrid har på sina inspektionsrundor i skogarna funnit en plats med ovanjordiska stenblock av annorlunda slag. De har en slät yta och är vita med skimrande gröna inslag. Sten som inte varit på platsen tror att det rör sig om någon slags marmor. Kottfrid har tagit med sig några bitar till stenhuggeriet och märkt att de är mycket hårda och sprickbenägna om man handskas hårdhänt med dem. Tillsammans tänker de uppvakta greve Diedrik för att höra sig för om det kan vara möjligt att öppna ett marmorbrott på egendomen. Då marmor är en mycket eftersökt och dyrbar vara på marknaden borde det vara inkomstbringande att bryta och bearbeta den till förädlade produkter.

En dag beger sig Kottfrid och Sten till slottet för att diskutera ett nytt brott. Efter att ha bankat på stora porten öppnar mister Jones och ber dem stiga på och ta plats i mottagningsrummet. Efter en stund kommer greve Diedrik och friherrinnan in och hälsar på gästerna. Kottfrid som är mest vältalig tar upp diskussionen om ett nytt stenbrott. Herrskapet lyssnar utan avbrott. När han framfört sitt budskap tittar han på greven med en undrande min. Greve Diedrik förblir tyst en stund men säger sedan att det låter intressant med ännu en inkomstkälla. Det blir ytterligare prat om hur man tänkt sig starta upp verksamheten. Efter att ha lyssnat, lyfter friherrinnan handen och påkallar uppmärksamhet. Hon viftar med den och anser att det inte skall bli något mer stenbrott på egendomen. Det är nog med

oväsen från det gamla som hon anser är synnerligande
störande. Någon ytterligare finansiell källa är onödig då mera
pengar bara slösas bort på oväsentligheter. När hon pratat
färdigt, sänker hon handen, vänder sig om och lämnar
rummet. Greve Diedrik tycker att Kottfrids förslag är utmärkt
och menar att saken kanske skall bero tills vidare. Han vill
höra med ytterligare andra personer för att få argument som
kan beveka friherrinnan. Därefter lämnar Kottfrid och Sten
slottet. På vägen hem kommer Kottfrid på en idé. Han ber
Sten ta hem en bit marmor och låta en av sina duktiga
stenskulptörer hugga till en liten skulptur som kan inrama en
medelstor bordsklocka som finns i souvernirboden. Detta
skulle kunna bli en present till friherrinnan på hennes
födelsedag. Sten funderar ett tag och säger sedan att han
skall prata med Rubin Facett, som han anser vara den
skickligaste finstenshuggaren.

När Kottfrid kommer hem berättar han om marmorfyndet för
sin hustru Talla och för barnen Sly och Barra. Lite senare på
kvällen kommer barnen överens om att närmare utforska
platsen för fyndet påföljande dag eftersom den är skolledig.
Tidigt på morgonen beger de sig ned till sjön, skjuter ut en av
roddbåtarna, hoppar i och ror över till andra sidan. Hela
färden observeras av Viola Blom, som gått ned till stranden
för att samla in vass till en sakral dekoration som hon
tillverkar åt prästen i den närbelägna socknen.

På andra sidan sjön landar de båten, drar upp den en bit på
stranden och beger sig mot den plats som pappan pratat om.
Terrängen består av tätt växande småbjörkar och enstaka

höga, resliga tallar. De går fram och tillbaka inne i snårskogen men ger till slut upp då de inte sett vad de kom dit för att hitta. Barra pekar bort mot en liten smal, krokig väg och föreslår att de följer den en bit. Kanske ligger marmorplatsen där någonstans. De promenerar längs vägen och håller utkik åt båda håll. Plötsligt ropar Sly till och pekar på en sten som ser annorlunda ut. De går fram, ställer sig på knä och börjar krafsa undan löv och jord kring fyndet. Snart har de blottlagt hela stenen och konstaterar att den är ganska stor men också platt och ser ut som en stenskiva som är trasig i ena änden. Barra säger att den påminner om en sådan där bänkskiva som hon sett när hon besökte slottsköket en gång. Båda tittar på varandra och konstaterar att de nog hittat fyndigheten men har svårt att föreställa sig att det skulle tyda på ett nytt möjligt stenbrott.

De reser sig och beslutar sig för att ta sig hem och berätta om vad de sett. Barra föreslår att de följer vägen en bit för att ta sig till roddbåten. Sagt och gjort, småpratande med varandra traskar de iväg. Plötsligt stannar Sly, tittar sig omkring och undrar om de verkligen är på rätt väg. Barra börjar känna sig illa till mods och föreslår att de går åt andra hållet i stället. De vänder, passerar fyndet och fortsätter utefter vägen. Sly anser att de måste vika av vägen för båten borde ligga en bit från den. Så börjar de diskutera var de skall lämna vägen och har olika synpunkter på detta. Barra säger att de nog gått vilse och föreslår att de skall följa vägen tills de kommer fram till någon stuga eller annat som antyder beboeliga förhållanden. Timme efter timme går de längs vägen och till slut tar den slut mitt inne i en tät granskog. Båda känner sig uppgivna och sätter sig på ett kullfallet träd. Sly säger att han börjar bli hungrig och får medhåll av Barra.

Efter en kortare vilopaus börjar de gå vägen tillbaka med förhoppningen att det i andra änden borde finnas någon bebodd stuga. Utefter vägen hittar de några enstaka kantareller som de stoppar i sig. På ett ställe breder en gles tallskog ut sig och där hittar de blåbär som ännu inte är riktigt mogna men får duga som bukfyllnad. Nu börjar det skymma och obehagskänslor dyker upp. Det är tyst i skogen bortsett från enstaka fåglar som flaxar till och skällande läten från råbockar inifrån skogen. De håller varandra hårt i handen och börjar få svårt att se stigen när mörkret lägger sig. En bit framför sig ser de något som ser ut som ett ljus. Småspringande söker de sig mot ljuset och ser att det är en liten stuga mitt inne i skogen och det lyser i ett av fönstren. När de kommer fram till dörren knackar de på men inget händer. Proceduren upprepas och efter en stund öppnas dörren och genom en smal springa hör de en röst som undrar vem som knackar. Sly talar om att de är skogvaktarens barn som har gått vilse.

Dörren öppnas och barnen kliver in i stugan. Till sin förvåning ser de att den som öppnar dörren är en gammal och krokryggad kvinna iklädd hängande, trasiga kläder och ett stort huckle på huvudet. Hennes ansikte är präglat av den ovanligt långa näsan och ett antal vårtor av varierande storlek är spridda på hakan, kinderna och i pannan. Barnen tittar sig omkring och får syn på en jättestor spis som är belamrad med ett antal kopparkastruller och en massa bråte. Ett litet bord med ett brinnande stearinljus och två stolar finns längs ena sidan av rummet som påminner om ett gammaldags kök med vedspis. Barra rynkar på näsan när hon känner lukten av smuts och mögel. Sly kramar Barras hand och känner rädslan krypa utefter ryggen. De bara står där och tittar och har svårt för att säga någonting. Barra kommer att tänka på sagan om Hans och Greta och tittar utefter väggarna och undrar om de hamnat i ett pepparkakshus.

Efter en lång tystnad frågar kvinnan varför de knackat på hennes dörr. Sly berättar då att de gått vilse när de letade efter roddbåten. Barra kan inte hålla sig längre utan börjar gåta och sätter händerna framför ansiktet. Kvinnan berättar att hon är änka efter en tidigare skogvaktare och att hon har bott ensam i stugan i många år. Hon säger vidare att hon inte har något annat än några skorpor som hon kan erbjuda barnen. Först tvekar de att ta emot dem men hungerkänslorna får övertag och de sträcker ut händerna. Medan de tuggar på skorporna berättar kvinnan att hon sällan ser människor nuförtiden och att hon lever på föda som hon hittar i skogen. Hon säger också att hon placerar ut snaror för att fånga vildkaniner.

Under tiden har det blivit kolmörkt ute och barnen vet inte vad de skall ta sig till. Kvinnan går fram till spisen, röjer undan bråten och säger att de kan få ligga på golvet vid spisen där det är varmt. Hon går in i angränsande rum och kommer ut med ett lapptäcke som luktar härsket fett och erbjuder barnen. De tar emot det och lägger det i en hög bredvid dörren. Kvinnan tar ljuset, lämnar köket och skjuter till dörren mellan rummen. Nu är det kolsvart i stugan. Barnen lägger sig ned på golvet men har svårt för att sova. Barra känner sig spyfärdig av alla äckliga lukter i rummet. Hon reser sig, trevar efter täcket, öppnar dörren och slänger ut det. Sedan lägger hon sig tätt intill Sly. Inifrån det angränsande rummet hörs ljudliga snarkningar. Barnen viskar till varandra och undrar hur detta skall sluta. Fram på morgonkvisten börjar en rå kyla lägra sig i köket och barnen som ligger tätt intill varandra har ännu inte somnat.

Dörren till kammaren öppnas och kvinnan stegar in i köket. Hon konstaterar att det börjat ljusna ute och erbjuder barnen var sin kopp vatten. De reser sig upp men vid åsynen av de smutsiga muggarna tackar de för erbjudandet men säger att de nog borde ge sig iväg med det snaraste i stället. Trötta och hungriga tackar de för nattlogin, säger adjö och småspringer ut på vägen som de kommit ifrån. De rusar till stället där de tidigare hittat blåbären, sätter sig i riset och mumsar på de halvmogna bären. En bit bort får Sly syn på en rugge med stensöta och beger sig dit. Han rycker upp rötterna, krafsar av det jordiga ytterhöljet med naglarna och de börjar tugga på de besksöta rötterna. När den värsta hungern lagt sig, reser de sig och återgår till vägen. Efter en stund pekar Sly på ett område med ungbjörkar och säger sig tro att det är där någonstans båten borde finnas. Halvspringande tränger de sig igenom ungskogen. Efter ett tag märker de att björkskogen övergår i en tät granskog. Barra rycker på axlarna och med gråten i halsen säger hon till Sly att de nog gått vilse igen.

Gemensamt går de tillbaka till vägen och börjar dikutera åt vilket håll de skall gå. Sly föreslår att de går tillbaka mot stugan. Kanske fortsätter vägen där.

Så fick det bli. På håll ser de att vägen svänger av runt stugan och fortsätter på andra sidan. När de närmar sig stugan börjar de springa så fort de någonsin kan, passerar stugan och saktar inte av förrän den är utom synhåll. Efter en stund hör de röster och börjar springa igen. Båda hoppas att de får kontakt med någon vettig människa som kan hjälpa dem. En bit bort på vägen ser de en grupp individer som samtalar med varandra och gestikulerar med armarna. Sly ropar och individerna kommer emot dem. Nu ser de att det är folk från Skalleholm. Man förklarar att de är ute och letar efter barnen. Viola Blom som leder sökandet går fram till barnen och kramar om dem. Både Sly och Barra gråter av lättnad. En bit bort står en hästkärra och väntar och alla klättrar upp och resan börjar i riktning mot Skalleholm. En bit bort finns en bro över Skalle kanal som tar dem till andra sidan sjön. Halvvägs ser barnen sin roddbåt skymta i fjärran. De tittar på varandra och nickar.

Hemma igen berättar barnen upphetsat i mun på varandra om äventyret. När de slutat säger Kottfrid att de nog haft en stor tur som överlevt strapatserna. Han berättar att kvinnan i stugan alltid har kallats för "Häxan" och ingen visste riktigt om hon fortfarande levde. Efter en smaklig måltid går barnen och lägger sig i sina egna sängar och försöker glömma det hela.

Påföljande dag pratar Kottfrid med barnen igen och ber dem
berätta om stenen som de sett. De förklarar att den såg ut
som en marmorskiva, en sådan där som finns i slottsköket.
Kottfrid klurar en stund och säger att man nog kan glömma
tankarna på ett nytt stenbrott.

JAKTEN PÅ TJUVSKYTTEN.

Hösten har kommit. De gulnade löven börjar sakta dala ned mot marken. Arbetarfruarna är sysselsatta med svamp- och bärplockning. Överallt i skogarna ses kvinnor med korgar och hinkar. Nu är det dags för lingonen och korgarna fylls med de röda bären som sedan skall bli sylt och saft. Detta år är det också gott om svamp. Kantareller breder ut sig som stora gyllengula mattor mellan träden i blandskogen. De plockas för att sedan torkas och ingå i vinterns soppor och såser. Även Winnar kan man se i skogen, där han inte plockar bär och svamp utan bryter loss vissa lavar och mossor som han försiktigt lägger i en flätad korg. Arbetarkvinnorna tycker att han är underlig och skämtar allmänt om att den unga grevefamiljen lever på mossa och lavar när andra äter kött och odlade grönsaker. Men vad de inte vet är att Winnar sedan utvinner produkter från dem och bearbetar dem på sitt laboratorium.

Lantbruksdrängarna är fullt sysselsatta med att samla ihop de sädeskärvar som ligger som strängar efter de hästdragna skördemaskinerna. En del av drängarna är försedda med järnspett med vars hjälp de gör hål i åkermarken. Andra kommer efter med en hästkärra fylld med trästörar som placeras i hålen och den ena raka raden av störar efter den andra växer fram. Därefter kommer de som lyfter upp kärvarna och trär dem på störarna med hjälp av snidade högafflar. Sista kärven på varje stör träs på överst och breds ut för att bilda ett tak som förhindrar regnvatten att tränga ned på de andra under den kommande torkfasen innan tröskningen kan börja.

Nere vid sjökanten utanför växthusen är Viola Blom i färd med att klippa bort albuskar. När hon lyfter blicken ser hon att någon står längre bort på stranden med ett stort skjutvapen. Lite förbryllad kontaktar hon Vidar och undrar vad det kan vara för en figur. Han följer med henne till stranden men då syns ingen. Vidar avfärdar henne och säger att det nog var en av arrendatorerna som skulle samla in vass. När Vidar gått hör Viola att det prasslar vassen inte långt ifrån henne. Nu blir hon rädd och ropar bort mot vassen för att höra vem det är. Men hon får inget svar. Däremot blir allt tyst och Viola tänker att det är något djur som gått ned till stranden för att dricka. Så hör hon rasslet i vassen igen. Åter ropar hon men får inget svar denna gång heller. Hon går in mot växthusen och ropar på Pigge Fikonkvist.

Efter en stund dyker han upp och undrar vad som står på. Viola berättar vad hon sett och hört och ber Pigge följa med till stranden. Båda beger sig dit och blir stående och lyssnar. Plötsligt hörs ett rasslande ljud och Pigge börjar bana väg i vassen och går åt det håll som ljudet kommit ifrån. Han närmar sig rasslet och får syn på en figur som bär på ett runt föremål som liknar en musköt. Då han blir upptäckt avlägsnar han sig springande från platsen. Pigge känner obehag då han undrar varför en okänd man skulle vandra i vassen med ett skjutvapen. Han berättar det för Viola som åter söker upp Vidar. Han blir bestört och tycker att greve Diedrik skall underrättas och beger sig till slottet för att berätta vad han hört. Han frågar också om greve Diedrik gett någon tillstånd att jaga i vattenbrynet nedanför växthusen. Men han skakar på huvudet och säger att jaktsäsongen inte har börjat än. Han föreslår att man skickar ut Mitt Jägermeister och några av skogshuggarna för att ta reda på vad som är i görningen. Så fick det bli. Mitt beordrar Kottfrid att ta några morska män med sig till stranden och genomsöka den. Han tillägger att de borde utrusta sig med vapen ifall de skulle bli hotade.

Sex man ger sig av mot stranden utanför växthusen. Viskande delar de upp sig i två grupper och Kottfrid pekar att den ena skall bege sig mot vassen och den andra bort mot skogen. Kottfrid själv går mot växthusen. När "vassgruppen" tar sig fram prasslar det och några av mannarna kan inte hålla tyst utan pratar oavbrutet. Pigge som leder denna grupp manar till tystnad. Efter en stund har de kommit fram till en stenmur som leder ned mot vattnet. Där sammanstrålar de båda grupperna. Ingen har sett eller hört något. De bestämmer sig för att passera över muren och fortsätta utefter stranden. En bit bort, där sjön smalnar av, tar vassen slut och det blir fri sikt. Pigge spanar runt om och får syn på en person som sitter i en roddbåt med sikte mot andra sidan av sjön. Han pekar och alla tittar. Kottfrid tar upp bössan och avlossar ett skott i luften. När roddaren hör smällen ror han med full kraft till motstående sida, hoppar ur båten och försvinner in i en skog av alar. Kottfrid nöjer sig inte med att bara ha skrämt tjuvskytten utan föreslår att man beger sig till Skalleholmsekorna för att ta sig över sjön. Småspringande kommer de fram till båtuppläggningsplatsen, skjuter ut några ekor och hoppar ombord. Snabba årtag tar dem i riktning mot den plats där främlingen setts.

Väl framme drar de upp ekorna och Kottfrid dirigerar hur de två grupperna skall ta sig fram i terrängen. En av mannarna undrar hur de skall meddela sig med varandra. Kottfrid säger då att de skall härma en uggla och sätter händerna likt en tratt framför munnen och framstöter ett ljud som han påstår vara ett uggleläte. Detta skall ge information om var de befinner sig. När man iakttagit främlingen skall man härma en kråka och Kottfrid utstöter ett kraxande ljud. Nu kan jakten börja.

När Pigges grupp vandrat längs sjökanten ett tag hör man ett uggleläte. Han försöker härma lätet men det låter mer som en stönande anka. Jakten fortsätter och Kottfrids mannar har hittat en väg som de fortsätter på. Han säger att det är bättre att gå på vägen mellan skogarna i stället för igenom dem för då slipper man bli attackerad av fästingar. Men istället blir de anfallna av myggor och alla fäktar med armarna och någon tycker att de skall avbryta sökandet och bege sig hem. Men Kottfrid står på sig och menar att man måste få fatt i tjuvskytten. Då och då hoar han och lyssnar efter svar. Pigge utstöter sitt läte varje gång han hör hoandet. Plötsligt hör han ett hoande ljud bakom sig och börjar undra om Kottfrid vänt tillbaka. De blir stående en lång stund och bara lyssnar. Nu blir det förvirrat då hoandet hörs både bakifrån och framifrån. En av mannarna i Pigges grupp visar upp armen och konstaterar att alla små svarta prickar som nästan täcker skjortärmen är fästingar. Alla börjar syna sina kläder, en del tar av sig inpå bara kroppen och skakar persedlarna. Nu ser myggen sin chans och anfaller de halvnakna kropparna i stimformationer. Mannarna springer ut från alskogen och hamnar strax på den lilla vägen som Kottfrid befinner sig på. Efter reningsproceduren klär de sig igen och ivrigt kliande på överkropp och armar vandrar de mot det hoande ljudet som de tror är Kottfrid.

Hela tiden hör de ett hoande bakom sig som förbryllar Pigge. Ljudet kommer allt närmare och han bestämmer sig för att de skall ta skydd bakom en stor sten vid vägkanten och avvakta. När han tittar över kanten ser han att tjuvskytten kommer gående på vägen med vapnet hängande i en rem på axeln. Denne stannar upp och utstöter ett hoande läte och lyssnar. När han hör samma läte lite längre bort börjar han gå igen. Pigge observerar det hela och väntar tills tjuvkytten är utom synhåll då mannarna reser sig och smyger efter. Pigge börjar sedan kraxa som en kråka. Det dröjer inte länge innan man hör ett annat kraxande. Men ljudet kommer bakifrån. De stannar upp och det kraxar på nytt. Jodå, ett kråkljud hörs klart och tydligt inifrån granskogen. Pigge bestämmer sig nu för att gå mot ljudet. Snart märker de att det på toppen av en gran sitter en stor kråka och tittar storögt på dem. Pigge ger upp och återvänder till vägen och småspringande kommer gruppen snart fram till en öppen plats där de skymtar Kottfrid och de andra. Denne undrar om Pigge sett tjuvskytten. Jodå, det hade han visst och han hade också kraxat enligt överenskommelse. Då det börjar bli sent på eftermiddagen bestämmer de sig för att ge upp och ta sig hemåt. Kottfrid som hittar i skogsområdet lotsar hela gänget till båtarna som tar dem hem över sjön.

Greve Diedrik får rapport om den misslyckade jakten och menar att de inte gjort sitt bästa. Han säger att jakten skall tas upp påföljande dags morgon. Friherrinnan påstår sig känna obehag över att det går någon i omgivningen som bär på ett skjutvapen och beordrar mister Jones att gå vakt runt slottet hela natten. Han utrustas med ett handeldvapen som greve Diedrik tar från sina samlingar. Han skall avfyra ett skott i luften om han ser eller hör något misstänkt. Han får också i uppdrag att först gå runt till de boende i byn och andra ställen där egendomens personal har sina nattkvarter och be alla vara på sin vakt under natten.

Mörkret faller och mister Jones utrustar sig med en fotogenlampa. När nattkylan kommer smygande börjar han frysa och huttrande går han runt slottet varv efter varv ibland springande för att generera lite värme. Så hör han ett prasslande ljud nere vid bryggan som om någon rörde sig i vassen. På lite darrande ben går han utefter sjöflygen ner mot bryggan. Han släcker sin lampa för att inte röja sig. En bra stund står han och bara lyssnar. Av och till prasslar det. Han misstänker att det är tjuvskytten som rör sig nere vid strandkanten, tar fram revolvern och med darrande hand avfyrar han ett skott. Ljudet ekar mellan flyglarna och slottet och snart tänds ljus i några fönster i flygeln där slottspigorna sover. Han hör att det prasslar och brakar vid bryggfästet. Det följs av ett flaxande ljud och sedan blir det tyst. Pigorna kommer utrusande i sina nattkläder och undrar om man skrämt bort tjuvjägaren. Han förklarar att han hörde hur tjuven smög vid strandkanten och tyckte sig se en skugga som försvann från platsen.

När det dagas kommer greve Diedrik ut för att höra vad som tilldragit sig under natten. Han ser då att mister Jones sitter lutad mot en av dörrarna till pigflygeln och sover. Greven väcker honom och skäller ut honom för att han somnat på sin vakt. Tänk om tjuven slagit sönder ett fönster på slottet och tagit sig in. Greve Diedrik och mister Jones går tillsammans runt byggnaden men inga trasiga rutor kan upptäckas. Han skickar bud efter Mitt som informeras om nattens händelse. Mitt i sin tur kontaktar Kottfrid som beger sig ned till bryggan för att leta efter spår. Han kan bara konstatera att det inte finns några spår annat än av ett rede för ett svanpar som brukar hålla till i vassen. De har troligen väckts av mister Jones och blivit skrämda av skottet och flytt ut mot vattnet. Greven accepterar tolkningen och ber Kottfrid att på nytt spana om skytten kan finnas kvar i omgivningarna.

Det kallas till ett nytt uppbåd och ett femtontal av egendomens arbetare ställer upp i det fortsatta sökandet. Kottfrid delar in dem i grupper och pekar ut de riktningar som skall avsökas. Någon i varje grupp skall bära ett skjutvapen och avlossa det om de finner tjuvskytten. Kottfrid säger också att de inte skall avfyra sitt vapen förrän de är absolut säkra på att de funnit den skyldige. Planen går ut på att skogen på båda sidor om sjön skall genomsökas liksom runt husen i slottets närhet. Mannarna skickas iväg och Kottfrid stannar kvar vid gårdscentrum där han låter sela en häst och spänna den för en tvåhjulig kärra. Han är sedan beredd att rycka ut så snart han hört ett skott och lokaliserat varifrån det kommer. Det finns också förberett en flytbro över Skalleån en bit nedströms sågen.

Ungefär mitt på dagen ser Viola åter att det är en figur vid sjön utanför växthusen. Hon släpper vad hon har för händer och rusar runt i växthusen för att påkalla uppmärksamhet. Men ingen syns till. Hon fortsätter upp till gårdscentrum men inte heller där finns en människa. Då sätter hon högsta fart till slottet och bankar på slottsporten. Efter en stund dyker mister Jones upp och undrar vad som står på. Viola berättar om vad hon sett och han förklarar att alla tillgängliga människor är på tjuvjakt i skogarna runt omkring. Hon undrar då om mister Jones skulle vilja följa henne till växthusen och kanske fånga in tjuven, om det nu var den som hon hade sett. Han säger att han fått order av greve Diedrik att inte lämna slottet så han kan tyvärr inte göra henne sällskap. Viola suckar djupt och tar sig springande tillbaka till den plats varifrån hon sett figuren. Väl framme noterar hon att personen fortfarande är kvar och har riggat sitt vapen på ett stöd och har riktat det mot något på andra sidan sjön. Viola funderar på om han siktat in sig på något villebråd eller kanske någon av dem som deltar i jakten på honom. Hon smyger ut på baksidan av växthuset och tar sig runt till framsidan som vetter mot sjön.

Försiktigt närmar hon sig inkräktaren bakifrån. När hon kommit till vasskanten är hon bara några meter från mannen som är något hukad över vapnet och tycks var beredd på att avfyra ett skott när som helst. Oturligt råkar hon trampa på en torr kvist. Det knakar till och figuren blir skrämd och skall just vända sig om då han råkar knuffa till vapnet så att det faller i vattnet. Viola sträcker på sig för att verka större än vad hon egentligen är. Tankarna far runt i huvudet på henne och då hon ser att vapnet ligger i sjön känner hon sig lite kaxig och frågar vem inkräktaren är. Han står bara och stirrar på henne och har svårt att finna ord. Han tittar ned mot vattnet, böjer sig ned och tar upp vapnet. Viola följer varje rörelse som mannen gör och undrar om detta är hennes sista stund på jorden. Nu ser hon vapnet som liknar ett kort och tjockt rör och förväntar sig att han skall rikta det mot henne. Men det gör han inte. Han börjar svära och hytter med vapnet mot Viola och närmar sig henne. Nu kämpar hon för att inte svimma och står blick stilla tills han kommer fram till henne, håller fram vapnet och säger att det har ramlat i vattnet och att hon har gjort så att det blivit förstört. Viola bara stirrar på det rörformade föremålet och förmår inte säga ett ord. När mannen ser att hon är skärrad säger han att hon kan ta det lugnt och förklarar att han inte vill henne något ont. Han föreslår att de gör sällskap upp på torra land en bit så kan han berätta varför han befunnit sig i vassen.

När Viola kommit till sans igen ber hon mannen att komma upp till växthusen. De sätter sig på en bänk utanför ett av växthusen och han börjar förklara sig. Han berättar då att han heter Walle Skrakrede och är fågelskådare och hade riggat upp sin tubkikare i vassen för att studera djurlivet runt sjön. Nu föll kikaren ned i vattnet och han tror att den skadats av fukten. Viola tittar närmare på röret och konstaterar att det är en stor kikare. Hon berättar att man trott att han var tjuvskytt och att ett stort manskap är på jakt efter honom. Han berättar då att han kände sig förföljd under gårdagen och att han då missat att dokumentera en ny art av uggla som han hört på andra sidan sjön. Viola beklagar det hela och bjuder in honom på en kopp kaffe och hembakat bröd. När de sitter där och pratar hörs ett gevärsskott på avstånd. Viola hoppar till och frågar fågelskådaren om han är ensam eller om det finns flera fågelskådare runt sjön. Inte vad han känner till. Nu börjar Viola känna sig kaxig och föreslår att de beger sig upp till gårdscentrum så att han kan förklara sitt lite ovanliga besök på Skalleholm.

När de kommer fram möts de av Kottfrid som när han ser främlingen lyfter sitt vapen och riktar det mot honom. Viola ber honom att ta ner vapnet och säger åt fågelskådaren att berätta vad han sysslar med. Kottfrid lyssnar, tittar på kikaren och ber om ursäkt för sitt hotfulla beteende. Han ber dem hålla för öronen för att han skall avlossa ett skott i luften för att avbryta jakten. De går sedan in på Kottfrids expedition och främlingen frågas ut om fågellivet i trakten. Man har planerat en fågeljakt lite senare och vill gärna ha råd om var man kan finna de fågelarter som är intressanta för jakten. Främlingen anser att man inte skall jaga fågel i området kring Skalleholm då det finns ett antal utrotningshotade arter, framförallt runt sjön Skallen, som då skulle skrämmas bort. I staden har man bestämt att dessa arter skall bevaras och skyddas och att om man inte följer de direktiven blir man bestraffad, i värsta fall kan man få skaka galler. Han säger också att det har meddelats greve Skalle och han är ansvarig för fågelskyddet på egendomen.

Kottfrid lyssnar och vill ta kontakt med greve Diedrik snarast för att få det bekräftat. Han tar med sig fågelskådaren till slottet och begär omedelbart audiens hos greven. De ombeds att slå sig ned i mottagningsrummet. Greve Diedrik kommer in och frågar vad som står på. Kottfrid redogör för jakten på tjuvskytten som nu är avbruten och förklarar att den förmodade förövaren egentligen var en obeväpnad fågelskådare. Greve Diedrik blir röd i ansiktet och säger sig minnas att man några dagar tidigare meddelat honom att en fågelskådare skulle dyka upp på Skalleholms ägor för att göra en inventering av fågelbeståndet. Han börjar även minnas att han meddelats att man skulle avstyra årets fågeljakt. Kottfrid blir sur för att inte han eller någon annan i ansvarsställning inom skogsförvaltningen har fått besked om detta. Till sitt försvar säger greve Diedrik att han glömt det.

DEN ÅRLIGA JAKTEN.

En gång om året anordnas en storviltsjakt på Skalleholm. Den inleds i mitten av oktober och varar i två intensiva veckor. Detta år har ett antal jägare från Tyskland inbjudits och en speciell inbjudan har gått till Greve Diedriks jaktintresserade svärson Balthasar. Denne och hustrun Esmeralda har installerat sig på slottet ett par veckor innan jaktstarten. Även grevens son Knut med hustru Catharina från slottet Skallstavik dyker upp på Skalleholm några dagar innan den stora startdagen. Skogvaktaren Kottfrid har inventerat beståndet av älg, rådjur och kronhjort. Det visade sig att det finns riklig tillgång på dessa i det skogsområde som skall avskjutas första veckan. Greve Diedrik som själv utsett sig till jaktledare avser att dela upp jägarna i två jaktlag med cirka 10 jägare i varje. Själv skall han leda det första laget och Mitt Jägermeister det andra. I förberedelserna inför jakten sammanträffar greve Diedrik, Mitt samt Kottfrid för att planera utplaceringsplatser för jägarna genom att rita in jakttorn och andra strategiska ställplatser på en karta inne på Mitts kontor i gårdscentrum. Sedan plockas det fram nödvändiga utrustningsattiraljer från ett skåp. Det är två jakthorn, vita hattband och armbindlar, ammunition, egna jaktkläder och stövlar av ridmodell. I vapenskåpet förvaras de skjutvapen som skall användas av egendomens deltagare under jakten. Kottfrid markerar på kartan ungefär där han iakttagit de olika villebråden. Greve Diedrik påpekar att kronhjortarna brukar hålla till på en inäga inte långt från Skalleåns passage genom det stora skogsskiftet. Alla vet att greven själv har ett gömsle alldeles invid den lilla skogsängen och där får ingen annan vara.

Greve Diedriks son Knut, eller Kneppen som han kallas, har förberett sig noga inför jakten. Han har putsat sina vapen och skaffat en overall i kamoflagemönstrad färg. Sedan förra jakten har han själv tillverkat ett speciellt horn som han kommer att bära med sig vid årets tillställning. Det ser ut som ett stort tjurhorn med två olika insatser som kan föras in i den vidare änden. När han blåser i hornet med den ena insatsen på plats låter det som ett brunstigt lockrop från en älgtjur. Med den andra får han det att låta som en parningsvillig kronhjort. Han har testat lätena på sina egna skogsskiften på Skallstavik och anser att de fungerar i princip.

En dag när han skulle testa älghornet, gick han ut i en vildvuxen granskog, ställde sig på en öppen yta och tutade i intervaller. Runt omkring besvarades lätet av brunstiga tjurar som förmodligen hörde en inkräktare på deras revir. Kneppen tyckte att testet var lyckosamt och riktigt njöt av konserten. Han stod länge och bara lyssnade på hur det knakade och brakade runt omkring honom. Vad han inte märkte var att en tiotaggare smög upp bakom ryggen, krafsade med klöven i skogsmyllan och satte full fart med sänkt huvud mot Kneppen. Pang! Han häktades upp på älghornen och skulle ha farit iväg om det inte varit så att hans byxor fastnat på en tagg på hornet. Först blev han lite chockad av den plötsliga manövern sedan gick det snabbt över till ren ilska. Älgtjuren började rysta på huvudet för att bli kvitt oket men lyckades inte få bort det. Eftersom Kneppen väger sina kilon, tyngde han ned älghuvudet mot marken och vred sig så att han kom åt älgens ena öra. Han tog tag i det och kramade det med all kraft. Tumultet mattade ut tjuren som ställde sig på framknäna av den stora tyngden. Kneppen kände marken under sig och tog spjärn med det ena benet och gjorde en kullerbytta. Resultatet blev att han vred älgens huvud och tvingade den att lägga sig på sidan. När den låg där hakade Kneppen loss sig från hornet, reste sig upp och trodde att älgen dött av utmattningen. Han ställde sig vid sidan av djuret, placerade foten på bröstkorgen och triumferade. Då reste sig älgen. Kneppen for baklänges och slog huvudet i en gran och tuppade av. När han kom till sans igen försökte han resa sig men kom inte upp. Han hade outhärdliga smärtor i huvudet och ryggen. Han förblev liggande ända till nästa dags morgon då ett uppbåd hittade honom kvidande och argsint. När de frågade vad som hänt, vägrade han att svara. Han blev hjälpt hem och inte ens för Catharina ville han berätta vad som hänt ute i skogen.

Till årets jakt är han någorlunda återställd och har tänkt sig att använda hornet vid den riktiga jakten. Winnar, som ser sig själv som en stor uppfinnare, hade blivit intresserad av det

märkliga hornet. Han lånade det och studerade insatserna.
Han tyckte inte att det såg så märkvärdigt ut och funderade
ut hur han skulle kopiera dem. Under två dagar samlar han på
sig material i form av ett rejält horn från afrikansk
långhornsras, lite bleckattiraljer och lim. Sedan klipper han till
plåtbitarna och monterar in dem i hornet. När Kottfrid ser
hornet säger han att om man blåser i det så skulle skogen
invaderas av brunstiga afrikanska bufflar.

Balthasar har funderat på en annan lockteknik. Han har
vistats i de stora sydtyska skogarna och lyssnat på älgarnas
brölande ljud. Genom att imitera dem med egna rösten så är
han övertygad om att han kan locka till sig de riktigt stora
älgarna på jakten. För att förbättra lockropet övar han ofta.
Han kan sitta hemma vid matbordet och plötsligt utstöta
läten som får personalen att hoppa högt och ropa på hjälp.
Esmeralda har förbjudit honom att bröla i tid och otid när de
kommer till Skalleholm. Men Balthasar säger att han måste
låta ibland för att det rätta ljudet skall finnas där när det blir
dags för jakt. Efter ankomsten till Skalleholm påminner
Esmeralda honom stup i ett att hålla tyst och istället lyssna på
andra människor. Han berättar för greve Diedrik att han övat
in ett läte som kan locka till sig stora älgar från långt håll.
Greven blir nyfiken och ber Balthasar att demonstrera. De går
till slottets riddarsal och Balthasar sätter händerna som en
tratt framför munnen och utstöter sitt vrål. Greve Diedrik
gestikulerar och sätter händerna för öronen och ropar till
Balthasar att lägga av. Men han fortsätter då han inte tycker
att det låter riktigt som det borde. Vrålet har hörts i hela

slottet och man har lokaliserat det till riddarsalen. Personalen med mister Jones i spetsen störtar in och undrar vad som står på. Greve Diedrik pekar på Balthasar och skriker åt mister Jones att föra ut den brunstiga tjuren och gärna förse honom med en bindel för munnen. När Balthasar upphört med sin övning säger greve Diedrik att han inte får vara med i jakten om han inte lovar att vara helt tyst i skogen. Ett sådant vrål kommer att skrämma bort alla skogens djur för lång tid framöver och det kan han inte acceptera. Om det ändå skulle höras under jakten kommer Balthasar att bli portförbjuden på Skalleholm i fortsättningen.

Skogvaktaren Kottfrid har sina egna idéer. Under sina inspektionspromenader i skogen har han funderat på om det går att lura djuren att gå i riggade fällor. Han vet att älgarna äter blad och bark från vissa lövträd. Dagen före jaktstarten bestämmer han sig för att bygga en fångstfälla mitt i granskogen. Han har huggit ned en ansenlig mängd av den sortens lövträd som han sett älgarna beta på och släpat ut det till ett hygge i skogen. Ett antal smågranar huggs ned, befrias från sina grenar och sticks ned i marken i ena änden av hygget. Det hela ser ut som ett runt staket med en öppning som skall vara själva ingången. Dörren görs av flätade vidjor och fästs på ena sidan av öppningen med öglor som tillverkats av videgrenar. Det hela kompletteras med två rejäla spänstiga grangrenar. Den ena håller dörren öppen och när älgen gått in i fällan drar han ner den med benet. Den andra fjädrar då tillbaka och stänger dörren. Fiffigt tycker Kottfrid som känner sig nöjd med sig själv och ser fram emot morgondagens jakt.

Tyskarna anländer och tar in på härbärget i byns utkant. De har i förväg beställt ett antal fat med lokalt öl att levereras dagligen. Kvällen innan jakten firar man god jaktlycka med sitt "Vorjacht-abend". Det innebär att var och en skall svepa ett trelitersstop på kortast möjliga tid. Den som vinner kommer att skjuta den största älgen eller kronhjorten enligt traditionen. Mitt är inbjuden att delta i festen men vägrar dricka så stora mängder öl. Istället manar han tyskarna att ta det lite varligt med alkoholen och tänka på att de skall hantera livsfarliga vapen dagen därpå. Tyskarna svarar med att de är vana öldrickare och garanterar att ölen rinner rakt igenom kroppen utan att de blir så berusade. Tyska kampsånger ekar utöver nejden och genererar ett visst missnöje hos byborna. Någon av dem har beklagat sig hos Winnar och undrat om han inte skulle kunna hälla i något blomextrakt i öltunnona som gör tyskarna sömniga.

Tidigt på morgonen den första jaktdagen samlas alla jägare utanför gårdscentrum. Alla förses med hattband och armbindlar och Mitt går runt och kontrollerar att alla har godkända vapen för älg- och kronhjortsjakt. Det meddelas också att högst tolv vuxna älgar, tio ettårskalvar och femton vuxna kronhjortar får avskjutas under jaktperioden. Kottfrid visar på kartan var de olika jägarna skall vara placerade under sina jaktpass. Två jaktlag tas ut och man diskuterar vilka regler som gäller. Greve Diedrik översätter till tyska och tar med sig sin grupp, "Gruppe 1", och börjar promenera genom byn och försvinner i skogen. Mitt ledsagar "Gruppe 2" som transporteras på hästkärra till en bortre del av skogen. Jägarna placeras ut på sina poster och jakten kan starta.

Kneppen, som ingår i "Gruppe 1", leds till sitt jakttorn i kanten av en inäga. Han klättrar upp och gör sig redo för sitt första pass. Efter någon timme känner han sig hungrig och plockar upp sin medhavda matsäck. Allt är inslaget i papper och det prasslar ordentligt innan han frigör den första smörgåsen. Under tiden hinner två stora älgar passera alldeles intill. När han tittar upp ser han dem precis försvinna in i skogen. Han plockar då fram sitt horn och börjar blåsa i det av full kraft. Sedan väntar han en stund och tutar ännu en gång. Nu blir han varse att det är kronhjortsinsatsen som sitter i hornet. Det dröjer en stund och då dyker det upp en ståtlig hjort i andra änden av det öppna området. Kneppen osäkrar sitt vapen, siktar mot bringan och trycker av. Det säger klick men inget annat händer. Vapnet säkras igen och han undersöker det. Det visar sig då att han glömt sätta i ammunitionen. Patroner stoppas i och han är nu redo att fälla villebråd. Han byter insatsen och låter hornet ljuda över nejden. Han tutar och tutar men ingen älg syns. Så hör han att det prasslar bakom honom och han vänder sig om. Det är greve Diedrik som kommer springande. Han ber Kneppen komma ned från tornet och börjar skälla ut honom. Harangerna är på tyska och Kneppen fattar ingenting. När greve Diedrik lugnat ner sig en smula ber han Kneppen att sluta tuta. Någon har noterat att älgarna blivit som galna och tjurarna anfaller varandra varefter de skingras och rymmer till angränsande områden som ligger utanför jaktreviret. Det har rapporterats att ett flertal älgar rusat blint in mot byn, löpt gatlopp och förstört arbetarnas odlingar. Älgkorna och deras årskalvar har sedan kommit i släptåg och stannat först när de kommit in i slottsträdgården. Kneppen tycker att det låter konstigt och betraktar sitt horn. Han märker då att han av misstag vänt insatsen åt fel håll, vilket kanske kunde förklara det hela. Greve Diedrik skakar på huvudet, tar hornet från Kneppen och säger åt honom att gå upp i tornet igen och bete sig som en riktig jägare. På vägen tillbaka lyfter han på en sten, läggen ner hornet och sätter tillbaka stenen ovanpå.

Av och till hörs skott från jaktskiftet och emellanåt hörs ett tutande ljud. Greve Diedrik blir till sig och börjar vandra från det ena jaktpasset till det andra för att finna ut vem som skrämmer villebrådet. När han kommer fram till Winnar märker han till sin stora förvåning att denne har ett horn av kolossalformat.

  ”Vad har du där”, undrar greve Diedrik.

  ”Det är mitt nya jakthorn som lockar fram älgarna till mig”, svarar Winnar.

  ”Du får inte använda det, du skrämmer bort djuren från skiftet”, fortsätter greve Diedrik.

  ”Inte alls”, replikerar Winnar och fortsätter, ”om far tittar där borta mot skogsbrynet så ligger fem skjutna älgar, varav en är en tjugotaggare. Tio älgar kom rusande ur skogen och jag hann bara skjuta hälften. Jag tycker att hornet är fantastiskt”.

Greve Diedrik går bort mot villebrådet och kan bara konstatera att där ligger flera älgtjurar. Han undrar då spydigt hur man skall göra för att skjuta älgkor? Finns det något speciellt läte för dem? Winnar säger att han inte kommit så långt i sin forskning på älgläten ännu, kanske nästa år. Greve Diedrik tycker att Winnar skjutit tillräckligt med älgar för dagen och anser att det inte är juste mot de andra jägarna. Winnar avbryter sitt deltagande i jakten och följer med sin far till samlingsplatsen. Efter dagens pass samlas alla jägarna och Kottfrid får order om att hämta hem älgarna för bearbetning. Det visade sig att det bara var Winnar som lyckats fälla älgar denna första jaktdag.

Tyskarna går hem till sitt härbärge och bjuder med Balthasar. Det dukas fram till middag och ölfaten töms på sitt innehåll. Balthasar känner sig hemma när han pratar tyska och häver i sig den ena ölen efter den andra. Han berättar om sitt sätt att härma en älgtjur och anser att det är ett säkert sätt att locka fram dem. Han har ju provat det hemma i Tyskland och där fungerar det i alla fall. Han ombeds att demonstrera och häver ur sig sitt älgvrål. De andra håller för öronen och ber honom sluta. Men Balthasar är så berusad att han inte kan sluta utan vrålar i omgångar och skrattar däremellan. Det slutar med att de tyska gästerna kastar ut honom och låser dörren. Balthasar lullar mot slottet och vrålar sitt läte med jämna mellanrum. Han beslutar sig för att ta vägen över slottsparken och blir väldigt förvånad när han i månskenet ser att det vimlar av älgar. En del står och trycker hornen mot stenstatyer som ramlar omkull. Nu blir han rädd. Han sätter händerna som en tratt runt munnen och börjar utstöta sitt läte. Men eftersom han inte är riktigt nykter får han inte fram rätt ljud. Älgarna stannar upp och bara stirrar på Balthasar. Så börjar tjurarna krafsa med klövarna och tänker gå till anfall mot den stackars mannen. Balthasar ser vad som är på gång och gömmer sig bakom en av de större statyerna. Ibland tittar han fram och bli varse att de vilda djuren liksom dansar mellan statyerna och trampar sönder de små gröna häckarna. Han har aldrig sett något liknande förut. Efter en bra stund märker han att de, alla på en gång, springer bortåt byn med stora kliv. Nu vågar han sig fram och tar sig skyndsamt till slottet. Där inne är det mörkt och han trevar sig fram till sovavdelningen. Med förhoppningen att han gått in i rätt rum kastar han sig med en duns på sängen utan att ha bytt om till nattkläder. Han anar att någon tänder ett ljus och hör sedan Esmeraldas stämma. Han hinner somna innan hon har gormat färdigt på honom.

Påföljande dag samlas alla jägarna igen. Alla utom Balthasar som ombetts av greve Diedrik att stanna hemma i slottet under resten av jakten. Men Balthasar har kommit till Skalleholm för att jaga storvilt så han väntar några timmar med att ge sig ut i skogen. Vid ett obevakat tillfälle smiter han ut och med skjutvapnet i högsta hugg småspringer han mot jaktreviret. När han kommer fram till "sitt" torn står någon annan där redan. Han ropar åt jaktkamraten att gå ner. Men han bryr sig inte. Balthasar börjar då äntra tornet och när han kommer upp uppstår ett mindre handgemäng. Den tyske gästen som tilldelats tornet för dagen blir förargad och knuffar mot Balthasar. Det vill sig inte bättre än att denne faller ned från tornet med ett brak och förblir liggande och utstöter kvidande läten. Tysken lämnar tornet och beger sig mot utkanten av den stora skogen. Vad han inte tänker på är att han passerar flera pass och riskerar att bli betraktad som villebråd. Men han lyckas ta sig förbi alla och vandrar mot uppsamlingsplatsen. Där träffar han på greve Diedrik och berättar om incidenten. Denne beger sig till slottet, söker upp Esmeralda och diskuterar det hela med henne. Hon fattar då beslutet att när man hämtat hem hennes man så är väskorna packade och de kommer att fara tillbaka till Tyskland per omgående.

Nästa dag samlas jaktlaget vid trappan utanför slottet. Greve Diedrik berättar att Balthasar åkt hem och jakten fortsätter. Mitts grupp har skjutit en kronhjort hittills och man är otålig att åter komma ut i skogen och jaga. Greve Diedrik överlåter ansvaret för "Gruppe 1" till Winnar som han anser har skjutit färdigt för denna gång. Så beger sig alla iväg till sina jaktplatser. Greve Diedrik, som själv är sugen på att fälla några kronhjortar, beger sig till sin favoritplats. Där gör han sig hemmastadd bakom ett kamouflage som han tillverkat. Nu är det bara att vänta.

Kottfrid passar på att titta till sin älgfälla. När han kommer fram ser han att bladverket som han plockat dit är borta. I övrigt verkar fällan orörd. Han funderar en stund på hur de burit sig åt för att äta upp lövträdens blad utan att gå in i fällan. På marken ser han tydliga avtryck av älgklövar runt om. Han beslutar sig för att hämta mer lövkvistar för att rigga fällan igen. Det nya lövverket lägger han nere på marken längst in i fällan och kontrollerar att dörren stängs som den skall. Själv sätter han sig på ett kullfallet träd med utsikt över fällan och väntar på besök. Hela dagen går utan att han sett skymten av någon älg och lövruskorna ligger där han lagt dem. Han ger upp och beger sig åter till uppsamlingsplatsen utanför gårdscentrum.

Winnar stannar hemma påföljande dag och har bestämt sig för att jobba lite i sitt laboratorium. Eftersom han har dille på doftämnen har han fått en idé att skapa en doft som attraherar kronhjortarna. Han hämtar kraniet från den nyss nedlagda kronhjorten och lossar hornen och mal ner dem i en kvarn. Hornpulvret löser han sedan upp i en specialvätska som han tidigare forskat fram och använt vid extraktion av doftämnen från afrocia-blommorna. Efter några timmar ser han att pulvret löst upp sig i vätskan. Han sätter lösningen under näsan och drar in ett djupt andetag. Strax sätter han på korken igen och rusar ut och häver sin mage utanför byggnaden. Ett kraftigt illamående gör att han grinar illa och spottar och spyr ideligen. När det värsta lagt sig går han åter in i laboratoriet. Nästa idé är att dämpa den synnerligen fräna doften med något. Tankarna går då till ett av blomextrakten som verkar potenshöjande på människor och planerar att tillsätta några droppar till hornlösningen. Under det att han håller andan öppnas burken och han pytsar i lite blomextrakt. Den nya produkten ställer han kallt tills vidare.

Jakten fortsätter hela första veckan men jaktlyckan har inte varit särskilt god. Ingen av de tyska gästerna har ännu skjutit något villebråd. Det diskuteras vart alla älgar och hjortar tagit vägen. Även Kottfrid tycker att det är underligt då han sett otaliga djur vid inventeringen. Greve Diedrik tror att den största orsaken är Balthasar och kanske även Kneppen. Båda har fört oväsen på jaktmarken och förmodligen skrämt bort viltet. Men nu är båda uteslutna från vidare jakt och förhoppningsvis återvänder de skrämda djuren. Winnar står och lyssnar och funderar på att använda sin nya uppfinning. Han tar Kottfrid åt sidan och berättar för honom om extraktet. Kottfrid skrattar och tycker att Winnar är lika knäpp som sina syskon. Men han skulle kunna tänka sig att testa det. Det borde i alla fall inte skrämma djuren.

Påföljande vecka drar jakten igång igen. Vid samlingen utanför gårdscentrum berättar greve Diedrik att jakten har lite nya förutsättningar. Man kommer att utöka jaktreviret och lovar att de tyska gästerna skall placeras på sådana ställen där man tidigare år skjutit många kronhjortar.

Kottfrid räcker upp handen och undrar om de kan vänta till imorgon med jakten så att han kan göra en ny inventering för att lokalisera viltet. Greve Diedrik går med på det och alla skiljs åt. Kottfrid tar med sig Winnar till det nya jaktreviret och besöker de torn och ställplatser som han tidigare föreslagit. Med sig har de flaskan med extraktet. På lämpligt skjutavstånd från respektive jaktstation tar Winnar fram burken och droppar lite på trädgrenar i lagom höjd från marken. Sedan återvänder de till laboratoriet och Winnar skriver på burken att det är ett kronhjortsextrakt för att inte förväxla det med andra doftessenser.

När nästa jaktdag gryr bestäms att grupperingen skall vara densamma som tidigare. Alla blir transporterade på hästvagnar till olika platser inom reviret. Därifrån får jägarna ta sig till sina jaktstationer med hjälp av karta och kompass. Gissa om de blir snopna när det står flera hjortar en bit från deras skjutplatser. De smyger fram, laddar sina vapen och börja skjuta av. Vid varje jaktstation skjuts minst fyra kronhjortar. När det blir samling efter dagens jakt är alla gäster lyriska. De har aldrig varit med om sådan jaktlycka tidigare. När man räknat över kommer man fram till att man skjutit tjugosex kronhjortar. Greve Diedrik muttrar lite och säger att det var i mesta laget. Men gjort är gjort. Tre man styckar de fällda djuren och fördelar köttet så att alla anställda på egendomen får en bit var. En hel hjort går till slottsköket där man börjar förbereda en ståtlig middag för alla jaktdeltagare. Den fortsatta jakten är inställd på grund av överskjutning av kronhjort.

Kottfrid söker upp Winnar i växthusregionen, sträcker fram sin hand och gratulerar till undermedlet. Han undrar om han kan få receptet men Winnar bara skrattar och säger att det är hemligt. Kottfrid föreslår att de startar ett företag och säljer medlet. Det kan man tjäna en förmögenhet på. Men Winnar ruskar på huvudet och säger att det bara kommer att användas på jakten vid Skalleholm.

BÅTRESAN.

En dag varje år samlas ett tio-tal grevar och baroner som
bildat en exklusiv förening. Alla bebor slott runt om i
Svealand. Föreningens medlemmar kallar sig för
"Sveahövdingarna" och man träffas växelvis hos varandra.
Detta år har turen kommit till Skalleholm. Seden är att man
först samlas till en lunch på det aktuella slottet och därefter
skall värden ordna en överraskning för de inviterade gästerna.
Tidigare år har man anordnat spökvandring i slottsmiljö,
riddarspel, hundkapplöpning och liknande. Greve Diedrik har
sedan länge funderat på vad man skall ta sig till nu när träffen
är på Skalleholm. Efter mycket klurande tycker han att han
har bestämt sig. Han inviterar medlemmarna i
"Sveahövdingarna" till Skalleholm en dag i mitten av juli.

Denna sommar har hittills präglats av en sällan skådad
torkperiod som enligt uppgift skall bestå ännu en tid. Varje
dag stiger solen upp på en molnfri himmel och mitt på dagen
är det stekande hett. Alla suckar, stönar och pustar såväl
utom- som inomhus. Greve Diedrik springer omkring i shorts
och bar överkropp till friherrinnans stora förtvivlan. Själv

sitter hon mest stilla på sitt gemak med fötterna i en balja
med kallt vatten och torkar svetten med en broderad, svart
bomullsduk som personalen får fukta med kallt vatten med
jämna mellanrum. Varje gång greve Diedrik dyker upp i
hennes närhet beklagar hon "herrklubbens" möten och
undrar varför inte gemålen får vara med. Han svarar
undvikande varje gång då han egentligen inte har något
övertygande svar på frågan.

Under planeringen av den stora dagen har greve Diedrik varit
i kontakt med Winnar för att få uppslag och råd om lämplig
överraskning. Förhoppningen är nog också att han skall finnas
i kulisserna och hjälpa till så att det blir en minnesvärd
tillställning. Winnar har föreslagit en rad olika aktiviteter
framförallt inomhus med tanke på det varma utomhusvädret.
Strax före den aktuella dagen har greve Diedrik definitivt
bestämt sig för ett av de alternativ som föreslagits. Tidigare
hade han ett annat eget förslag som på grund av torkan inte
var realiserbart.

Förberedelserna på slottet startar redan ett par veckor innan
adelsherrarna anländer. Hela slottet städas och man dukar
med det anrika porslinet i rustkammaren invid riddarsalen.
Vid ankomsten är en lättare måltid planerad och en maltdryck
från växthuset är tänkt att ingå. Viola har själv tillverkat den
med ingredienser från sina "sydamerikanska" odlingar. Även
bryggeriet har beordrats att leverera ett antal öltunnor till
eftermiddagen.

Winnar har varit i kontakt med Jean Cabus och diskuterat en båtutflykt i samband med att regionens adelsmän kommer på besök. Ångslupen Skallina ligger förtöjd vid slottsbryggan och Jean har ombetts att förbereda henne för en tur på det närliggande sjösystemet. Winnar går igenom resvägen med honom och man tänker sig fara längs Skallen till dess smalaste passage och sedan längs Skalle kanal via ett antal slussar och mindre sjösystem innan man återvänder samma väg tillbaka.

Man har också planerat för en specialmåltid ombord under resans gång. Jean är lite fundersam på om ångmaskinen kan bli överhettad i det varma vädret. Men Winnar säger med myndig ton att något sådant inte kan inträffa. Hans förslag är att om det, mot förmodan, skulle ske är det ju bara att pumpa vatten från sjön och kyla ner maskinen. Jean protesterar och menar att båten då blir vattenfylld och kan gå till botten. Man måste naturligtvis pumpa ut vattnet igen vartefter, säger Winnar. Denna säkerhetsåtgärd medför att man måste engagera fyra extra man som medföljer på färden.

Av erfarenhet påminner Jean sedan om risken för att gästerna drabbas av sjösjuka. Tre sjuksköterskeutbildade individer måste då också finnas ombord under hela resan. Winnar säger att han kan rekvirera lämpliga personer från den närbelägna sjukstugan. Två maskinister som sköter ångpannan och tre däckskarlar måste ingå enligt Jean. Eftersom mat ombord ingår i resepaketet behövs köks- och serveringspersonal. Själva köksarbetet leds av hans hustru Jeanette. Hon säger sig behöva hjälp av fyra personer som lagar maten och serverar den. Winnar ser lite fundersam ut när han räknar igenom hur många som behövs för att båtresan skall fungera. Han kommer fram till en besättning på 17 personer plus Jean. Antalet gäster har beräknats till c:a 10 stycken inklusive greve Diedrik. Under båtfärden skall således 27 personer, plus Winnar, samsas ombord. Farkosten är registrerad för max 10 passagerare. Jean ser lite bekymmersam ut när Winnar summerar alla som skall vara ombord på färden och konstaterar att det blir trångt. Det förutsätter också att gästerna sitter stilla hela färden och att besättningen rör sig så lite som möjligt och fördelar sig jämt så att inte slupen får slagsida.

Vill det sig riktigt illa så kommer adelsmännen att kräva ständig närvaro av respektive kammarherre under resan. Det betyder att ytterligare ett tio-tal personer ombord. Nu är man uppe i 37 stycken. Jean skakar på huvudet och säger att det inte finns möjlighet att så många kan vara ombord samtidigt utan att båten kapsejsar. Winnar håller med om att det kan bli lite trångt. Så går man igenom vilka personer som kan avvaras. Det blir en engagerande diskussion dem emellan och Jean gestikulerar med armarna och talar av och till franska. Winnar blir sur och talar om för honom att han inte förstår franska och de beslutar att göra upp en skriftlig förteckning över vilka som kan vara ombord samtidigt. Jean plockar fram en papperslapp och en kolbit som får fungera som penna. Slutligen kommer man fram till att 10 adelsmän dock utan kammarherrar, Jean och Jeanette, en maskinist, två köks- och serveringspigor, två däckskarlar och en sjukvårdare plus Winnar är ett maximum för att det överhuvudtaget skall bli en båttur. Jean skakar på huvudet och undrar om man inte kan göra två turer med fem adelsmän åt gången istället. Det är inte vad greve Diedrik har tänkt sig, säger Winnar. För att delvis gå Jean till mötes lovar Winnar att det kommer att finnas folk vid varje sluss för att vara behjälpliga med förtöjning av slupen under själva slussningen. Även extra sjukvårdspersonal kommer att finnas på land utefter hela båtresan. Dessutom kommer den stora hästdragna brandsprutan att färdas på land i höjd med slupen under hela resan. Med sin energiska franska utstrålning undrar Jean om man inte kan tänka sig en följebåt med extrapersonal. Winnar tittar på Jean och säger att nu får det vara nog diskuterat. Han säger att skogvaktaren Kottfrid skall utses som ansvarig för all assistans på land utefter färdvägen. Själv kommer han att vara ombord och se till att allt fungerar enlig planen.

Viola har dekorerat slupen med afrocia-blommor, palmblad och olika asiatiska växter så att den ser ut som en exotisk bröllopsdjonk. Doften från violett afrocia sprider sig över hela båten och skall, enligt Viola, förhindra sjösjuka. Hon har även dekorerat inne i styrhytten och placerat stora väldoftande blommor i alla fönster. Detta retar Jean som plockar bort växterna och slänger dem i sjön där de flyter ihop och bildar en blommande inramning av slupen.

Dagen före det stora besöket är allt i ordning och greve Diedrik har inspekterat slupen och hört sig för om resväg och planering ombord under färden. Han ger Winnar sitt godkännande och manar honom att göra sitt yttersta för en lyckad båttur.

Under förmiddagen anländer de adliga gästerna i magnifika hästdragna glasvagnar med guldinfattningar och sammetstyg. På varje ekipage finns två livréklädda kuskar samt två uniformerade personer som står baktill på vagnen. Inne i vagnen sitter adelsmannen och en eller två kammarherrar. De kör upp till slottsentrén där ädlingen och hans kammarherrar stiger ur och mottas av greve Diedrik och mister Jones. Vagnarna körs bort till gårdscentrum och hästarna spänns av och utfodras i anslutning till stallet. Medföljande personer hänvisas till härbärget utanför byn. När samtliga gäster anlänt intas den traditionella lunchen. Man småpratar om olika händelser under året som gått och speciellt om den envetna torkan som drabbat dem alla. Alla är nyfikna på vad greve Diedrik hittat på för överraskning. Men de får vänta ett tag till. Greve Diedrik säger att han är speciellt imponerad av förra årets sammanträffande hos baron Pontiac af Lefverkusen på slottet Willingehus. Där hade man anordnat en spökvandring i slottets källardomäner. Han hade sedan vid ett senare tillfälle gått ned i sina egna lokaliteter i källarplanet på Skalleholm och då blivit skrämd av vita vålnader som dansade på väggarna. Han hade berättat det för mister Jones som själv gått ned i källaren. Hans förklaring var att det var solstrålar som via gluggar i källarväggen reflekterades på motstående sida. Greve Diedrik var inte övertygad om förklaringen utan ansåg att det fanns spöken som huserade i källarplanet. Eftersom han sett dem med egna ögon och kände till vissa händelser från slottets tidigare historia så var han övertygad om deras närvaro.

Mot slutet av lunchen berättar greve Diedrik att gästerna skall bjudas ut på en sjöresa under eftermiddagen. Han antyder att det blir ett spännande äventyr som de aldrig tidigare upplevt.

Några av gästerna protesterar och hänvisar till att de har anlag för sjösjuka och hellre stannar på land. Greve Diedrik kallar in Winnar som förklarar att man gjort förberedelser som skall förhindra att resenärerna känner sjösjuka. Det uppstår diskussioner men Winnar lyckas till slut övertyga skeptikerna att följa med. Greve Aldrik von Ludenstrahl säger att han känner sig osäker då han skadat ett ben och har svårt att röra sig fritt utan hjälp av sina kammarherrar. Visserligen kommer det att bli lite trångt ombord men nog kan han få ta med sig en av kammarherrarna som hjälp. Övriga kammarherrar kommer att underhållas av mister Jones i slottets bibliotek.

Winnar berättar hur själva resan kommer att gestalta sig med slussningar och servering av ångslupens speciella ångbåtsbiff, ”beuf scalaire”. Han räknar med att sjöturen varar i ett par timmar. Vid återkomsten kommer alla glasvagnar att var framkörda till slottet och förberedda för gästernas hemfärd. Under genomgången reser sig en av gästerna och säger sig ha funderingar på säkerheten ombord. Man förklarar att alla gäster kommer att förses med flytbälten av kork som skall bäras under hela båtresan. Gästerna uppmanas också att inte gå runt på slupen under färd utan förbli sittande hela tiden. Nästa fundering som gästen har är om det finns någon toalett på båten. Svaret är att visst finns det en sådan i anslutning till det utrymme som gästerna kommer att vistas i. En träbit som

är röd på ena sidan och grön på den andra är placerad i
överkant på dörren och markerar om utrymmet är ledigt eller
upptaget. Winnar måste även förklara att den som använder
toaletten måste vända den röda sidan utåt och sedan vända
på den när toaletten åter bli ledig.

Under livligt pratande beger sig gästerna ned till bryggan.
Först inspekterar de slupen från utsidan. Man pekar på båten
och undrar om den verkligen är sjövärdig. Både Winnar och
Jean försöker förklara på ett övertygande sätt så att gästerna
skall känna sig trygga inför färden. Väl ombord diskuteras vem
som skall sitta bredvid vem vid det stora träbordet i mitten av
salongen. Winnar manar på dem att skynda sig bestämma var
de skall sitta så att resan kan påbörjas.

Mister Jones har förberett en överraskning även för
kammarherrarna. När de samlats i biblioteket berättar han att
man kommer att ha en tävling. Den som vinner blir årets
kammarherre och får ett pris som minne av besöket.
Kammarherrarna samtalar sinsemellan med låga, nästan
viskande, röster och alla undrar vad mister Jones har hittat
på. En av de yngre säger att han är allergiker och därför inte
anser sig kunna vara med i tävlingen.

  ”Vad är Ni allergisk mot”? undrar mister Jones.

  ”Nja, nästan allting”, säger han. ”Det enda som jag tål är
yngre pigor”.

Alla skrattar och tycker att ”pigtjusaren” bara dummar sig. En
av de lite äldre kammarherrarna har också en undran.

”Jag har så lätt för att svimma”.

”I vilka situationer då”, frågar mister Jones.

”De flesta, ha, ha”, svarar kammarherren.

”Jag tycker att ni är gnälliga”, säger mister Jones med eftertryck.

”Vi är inte vana att tävla mot varandra. Var och en av oss är alltid bäst har vi fått höra”, säger en av kammarherrarna.

”Jaha, då ställer vi in tävlingen och ni får roa er på egen hand i stället”, summerar mister Jones.

Alla kammarherrarna ser lättade ut och klappar händerna och skrattar när de lämnar biblioteket. Mister Jones känner sig besviken efter att ha planerat och förberett ett överraskningsmoment för dem. Han lommar iväg till sin kammare i slottsflygeln. När han kommer ut på slottsgården ser han att alla kammarherrarna flockas runt pigornas lokaliteter och ropar ut dem på gårdsplan genom att sjunga serenader. När inga pigor kommer ut blir de allt mer högljudda och plötsligt kommer fru Tossa ut och undrar vad det är för oväsen. Hon anar kammarherrarnas uppsåt och förklarar att pigorna är inne i slottet och arbetar. Hon föreslår att de följer med henne in. De blir då eld och lågor och trängs för att komma först in över slottströskeln. Stopp, säger fru Tossa. Bara en i taget får gå in genom porten. Jag meddelar när nästa kammarherre får göra entré. De finner sig i detta och radar upp sig på ett led. När den första kammarherren kommer innanför dörren säger fru Tossa att han måste ta med sig dammtrasan som hon sträcker fram och gå till en "piga" i ett bestämt rum. Han gör som han blir tillsagd. En efter en släpps de andra kammarherrarna in i slottet och var och en förses med en städattiralj och hänvisas till olika rum i slottet. Fru Tossa säger till dem att hon kommer att göra regelbundna inspektioner och om de inte sköter sin syssla till fullo kommer de att bli bestraffade. När alla kammarherrarna befinner sig i sina tilldelade rum går fru Tossa runt och låser dörrarna. Inga pigor finns i de anvisade rummen. När alla är inlåsta berättar hon för mister Jones att hon arrangerat ett eget överraskningsmoment som alla kammarherrar accepterat utan invändningar.

Kottfrid har samlat ihop ett antal drängar som skall transporteras till första slussen för att vara behjälpliga vid slussandet av slupen. Han har även kontaktat en sjuksyster som skall följa med på slupen och ytterligare en som skall följa med honom till slussområdet. Han meddelar Winnar att alla förberedelser är utförda enligt överenskommelse.

En efter en äntrar gästerna slupen och förses med korkbälte och anvisas en plats utmed sidorna av båten runt det stora bordet. När alla tagit plats blåser Jean i ångvisslan och man kastar loss från bryggan. Nu kan äventyret börja.

Winnar står i den aktre delen av salongen och pekar och berättar vad som finns att beskåda i blickfältet. Ibland pratar han om byggnader och märkligheter i naturen som kan ses på endera sidan. Gästerna måste vrida sig för att se det som

Winnar talar om. Efter ett tag tycker gästerna att det är besvärligt att vända sig om hela tiden och Winnar som noterar detta förklarar att man kan se samma saker på återresan. Han pekar på olika sjöfåglar och förklarar vad de heter och vad som kännetecknar dem. Ibland ställer han en fråga till gästerna om de vet vad för slags fågel som de ser. Men alla förblir tysta och ingen vill, av prestigeskäl, röja eventuell okunskap om fågelarter inför sina gelikar. Då det inte är någon betydande vind ligger sjön blank och färden sker utan besvärande krängningar. Winnar berättar att efter första slussningen kommer man ut på ett annat sjösystem där en måltid kommer att serveras, "beuf scalaire", som anrättas av skepparens fru ombord och är en fransk specialitet. Till denna serveras ett svalt öl som är bryggt på Skalleholm.

Några av gästerna gäspar och sluter ögonen för att ta sig en liten lur. En av dem börjar snarka högljutt och grannen knuffar till honom för att bli kvitt oväsendet. Greve Diedrik föreslår att Winnar skall sjunga Skalleholmshymnen men gästerna protesterar och säger sig vilja njuta av sjöresan. En av de äldre gästerna vill byta plats med någon som sitter närmare toaletten. Han säger sig lida av trängningar och måste göra toalettbesök ganska ofta. Winnar arrangerar ett byte varvid några av gästerna reser sig för att lämna plats. Detta medför att båten börja kränga och gästerna blir oroliga. En del fattar tag i bordet för att inte ramla av stolen. Efter en stund är bytet avklarat och det blir åter lugn ombord.

Man är nu framme vid första slussen. Båten glider sakta in och en besättningsman kastar ett rep till mottagare på utsidan. Slussportarna stängs manuellt genom att föra en långarmad, liggande vev runt ett antal varv. Så fylls vatten på i slussen och slupen höjer sig sakta. Gästerna är hänförda av spektaklet. Så har man nått den slutliga nivån och portarna förskepps öppnas, repen kastas ombord och färden fortsätter. Man kommer in i ett annat sjösystem där sjön är lite bredare än Skallen men inte lika långsträckt. Efter en stund siktar slupen in sig på en större träbrygga som angörs och gästerna får tillfälle att sträcka på benen. Alla samlas uppe på bryggan och Winnar berättar var de befinner sig. Han pekar på ett ståtligt bygge en bit uppåt land och säger att det är en arrendegård, Sparlösa, som tillhör Skalleholms egendom.

Under uppehållet tillagas maten och tallrikar, glas och bestick placeras ut på bordet. Jeanette pinglar i den lilla skeppsklockan som manar till bordssittning. Gästerna äntrar båten en och en och blir anvisade plats vid bordet. När ungefär hälften gått ombord börjar de bråka med varandra. De är inte nöjda med bordsplaceringen. Alla vill sitta nära toaletten. Winnar försöker reda ut problematiken och säger att man får dela upp sig i två matlag. Hälften äter nu medan de övriga får vara i land. Sedan byter man. Nu lägger sig Jeanette i samtalet och säger att hon inte kan hålla biffarna varma till det är dags för det andra matlaget, allt är klart för servering nu. Greve Diedrik tar Winnar i armen och beordrar honom att lösa problemet omedelbart. Alla gäster är hungriga och törstiga och dessutom otåliga. Gästerna försöker själva lösa det hela men resulterar i att man blir osams. De knuffar

på varandra och hytter med nävarna. En av gästerna börjar gå
bärsärkagång uppe på bryggan och försöker fösa ner alla i
båten. Men de stretar emot och en av dem råkar trampa
snett och fastnar med foten mellan bryggan och slupen. Han
skriker så det hörs i sju socknar och blir hjälpt upp på bryggan.
En av sjuksystrarna rusar fram och skall ta av sko och strumpa
på det sargade benet när hon vräks omkull av honom. Han
vrålar att det gör ont, ropar på sin kammarherre och säger att
det är bara han som får röra honom. Man förklarar för honom
att hans egen kammarherre inte är med på resan men han
kan få låna den enda kammarherre som finns ombord. Efter
en stund ger han med sig och låter denne undersöka foten.

Jeanette försöker nu ta kommandot och säger med bestämd
röst att de som vill ha varm mat genast måste inta en plats vid
matbordet. De flesta gästerna lyder henne och tar sig ombord
under tystnad. Kottfrid, som också befunnit sig på bryggan,
har följt aktiviteterna och när den gäst som fastnat med foten
omhändertogs begav han sig till strandkanten. Med hjälp av
en yxa hugger han ned en al och tillverkar en käpp som han
sedan erbjuder den skadade gästen. Efter bandagering och
diverse samtal med andra gäster reser han sig med hjälp av
käppen och går haltande ombord.

Strax efter det att gästerna börjat inta måltiden hörs ett
tisslande och tasslande. Till slut säger en av gästerna att man
är besviken på maten, den är kall och kan därför inte förtäras.
Dessutom är den seg och senig. Samtliga skjuter sina tallrikar
åt sidan och nöjer sig med att dricka öl. Greve Diedrik börjar
bli otålig och ber Winnar att starta hemfärden snarast. Jean

ber dem som står på land att kasta loss och man sätter kurs mot slussen. Den är öppen så slupen glider in och förtöjs. Kottfrids mannar stänger slussporten och öppnar luckorna så att slupen sänks. Under själva slussningen börjar gästerna argumentera med varandra. Man klagar på att det bara finns en toalett ombord. Flera av gästerna kan inte hålla sig utan ställer sig på det smala däcket utefter ena långsidan och tömmer sina blåsor över relingen. Det resulterar i att slupen får slagsida och lutar så pass att styrhytten skrapar mot slussväggen. När slussporten öppnas och slupen skall köras ut i Skallen blir den stående i slussen. Jean rusar ut ur styrhytten och ser att den fastnat mot en utskjutande sten i slussväggen. Han beordrar samtliga ombord att försiktigt förflytta sig till motsatt sida.

Plötsligt hörs ett brak när styrhytten lossnar och slupen återgår till sitt horisontella läge. Jean häver ur sig långa haranger av svordomar på franska. Ljudet ekar inne i slussen och gästerna ser förskräckta ut. Greve Diedrik som blivit allt rödare i ansiktet under slussningen blir plötsligt blek och faller ihop på sin stol. Den medföljande sjuksystern banar väg fram till honom och konstaterar att han svimmat. Hon ber om lite kallt vatten och baddar hans panna. Då slår han upp ögonen, får hjälp med att resa sig och utstöter sina haranger på tyska. Då han har svårt med balansen hjälper gästerna till med att lägga honom på det avdukade bordet. Han protesterar men kvarhålls med våld av en av gästerna och sjuksystern.

Jean sätter full fart mot hemmabryggan och Winnar har fullt upp med att hålla gästerna lugna och anordnar turordning till toaletten. Väl framme förtöjs slupen och gästerna trängs för att så snabbt som möjligt komma upp på land. Panik uppstår och gästerna börjar puckla på varandra. När alla gäster kommit upp på bryggan är det bara greve Diedrik kvar ombord. Han kämpar för att ta sig loss men kvarhålls av Jean, Winnar och Kottfrid som hoppat över till slupen. Sjuksystern springer upp till slottet och hämtar mister Jones. När greve Diedrik lugnat ner sig av utmattning reser han sig upp och går sakta mot slottet med stöd av mister Jones. Gästerna har under tiden samlats utanför slottet och när greve Diedrik kommer fram avtackas han och alla instämmer med att det verkligen var en överraskning som de bjudits på och som slår det mesta.

Det har blivit kväll och alla gäster hämtas upp i respektive glasvagn och lämnar Skalleholm för denna gång.

DEN DOLDA SKATTEN.

En dag på försommaren dyker det upp fyra personer, var och en försedd med en stor väska. De promenerar längs bygatan och småpratar med varandra. I fönstren ses arbetarfruarna kika bakom gardinerna. En av dem går ut på gatan strax efter att främlingarna passerat alla husen. På avstånd följer hon dem och noterar att de beger sig mot gårdscentrum. Där står Mitt Jägermeister och Kottfrid och språkar och avbryter samtalet när främlingarna kommer fram.

"Vem söker ni", frågar Kottfrid.

"Vi söker förvaltaren på Skalleholm", svarar en av främlingarna.

"Jag är skogsförvaltare på Skalleholm", säger Mitt med undrande blick.

"Vi kommer från riddarhuset i huvudstaden och behöver hjälp".

"Vad kan jag stå till tjänst med", undrar Mitt.

"Vi skulle behöva tillgång till kartor över Skalleholms egendom för att göra en översiktsinventering av egendomen inför riddarhusets nya adelsregister".

"Då kanske ni skall vända er till greve Diedrik", fortsätter Mitt, "jag kan följa er till honom".

"Nja, det är inte nödvändigt", säger en av främlingarna, "låt oss inte störa greven, han känner säkert till vad saken gäller".

"Men jag har inte tillgång till alla kartor", säger Mitt, " det är bara greve Diedrik som har det".

Främlingarna börja skruva på sig och viskar till varandra. Till slut utbrister den ene av dem att de nog kan göra inventeringen utan hjälp från greven, de har egna kartor med sig. Både Mitt och Kottfrid ser förundrade ut. Mannen öppnar sin väska och visar upp ett kartblad av äldre datum över en del av egendomen. Han stoppar ned kartan igen och alla fyra skyndar iväg i riktning mot byn. Kottfrid som alltid är misstänksam mot främlingar följer efter dem. När de ser att de är förföljda skyndar de på stegen och nästan halvspringer utefter tillfartsvägen. Även Kottfrid ökar takten men efter det att vägen blir krokig ser han dem inte längre och ger upp förföljandet. I stället beger han sig till slottet för att höra med greve Diedrik vad som är på gång.

Han knackar på den stora slottsporten och mister Jones öppnar och undrar vad som står på. Kottfrid säger att han vill fråga greve Diedrik om en sak. Mister Jones säger då att greve Diedrik sover middag och får inte störas. Men Kottfrid står på

sig och när han hör greve Diedrik gorma inifrån slottet,
tränger han sig förbi butlern och går mot ljudet av tyska
haranger. Inne i det gyllene rummet står greven och
gestikulerar mot fru Tossa. När han får syn på Kottfrid hejdar
han sig.

"Varför stör ni mig", undrar greve Diedrik.

"Det kom fyra främlingar som var utsända från riddarhuset",
säger Kottfrid.

Greve Diedrik lyfter handen och ber fru Tossa lämna rummet.

"Vad ville de", undrar greve Diedrik.

Kottfrid återger samtalet och förväntar sig att greve Diedrik
kände till deras ankomst. Men han stirrar skogvaktaren i
ögonen och menar att de bluffat. Det är bara han som har
kontakt med riddarhuset och han känner inte till något nytt
adelsregister. Greve Diedrik vänder på klacken och lämnar
rummet. Kottfrid lommar iväg och uppsöker Mitt igen. De
båda diskuterar situationen och Mitt tycker att man skall
avvakta tills vidare.

På morgonen några dagar senare ses de fyra främlingarna vid
stenbrottet. Med kartan i ena handen pekar en av dem med
den andra mot skogspartiet ovanför stenbrottet. De
observeras av Rubin Facett, en av de anställda på stenbrottet.
Han går bort till stenhuggarmästaren, Sten Brottare, och blir
ombedd att hålla ett öga på främlingarna. Efter en stund
promenerar de fyra männen mot en talldunge som ligger

strax ovanför stenbrottet. Hela tiden pratar de med varandra och gestikulerar som om de inte vore överens. Promenaden fortsätter sedan in i skogen mot ett berg som man tidigare hackat i för att bedöma möjligheten för ett stenbrott. De gör en paus när de kommit fram och tittar på kartan. Sedan fortsätter de utefter berget sida. Rubin ser att de med jämna mellanrum täljer till grenar som sticks ned i marken och som målas på överdelen med en röd färg. Efter någon timme kommer de fram till en inäga där några hjortar betar. Dessa blir förskräckta av besökarna och springer in i den täta granskogen. Nu stannar sällskapet till och åter diskuteras något och man pekar på kartan och ut mot ena kanten av inägan.

Så hör de ett kraftigt knak bakom sig. Alla vänder sig snabbt om och tittar mot skogen men allt verkar fridfullt. Vad de inte vet och ser är att Rubin, som finns i skogskanten, råkat trampa på en torr tallgren som knäckts. Främlingarna mumlar något om att det finns gott om vilda djur i skogen och återgår till sina interna diskussioner. En av dem placerar ut en påle i ena hörnet av inägan och därifrån stegar han ut i olika riktningar och sätter ut kortare käppar så att en mindre fyrkant bildas. Därefter beger de sig tillbaka efter den snitslade vägen mot stenbrottet och vidare bort mot byn. Rubin avger rapport till stenhuggarmästaren som ber honom att kontakta Kottfrid.

Dagen därpå dyker främlingarna upp igen och går med raska steg mot den snitslade vägen vid stenbrottet. När de passerar stenhuggeriet observeras de av Rubin, som åter följer efter dem på avstånd. Nu har de en spade med sig och börjar gräva inom markeringen på inägan. Efter ett tag stannar grävaren upp, lyfter upp ett rostigt plåtskrin och föser sedan tillbaka jorden över hålet. Alla fyra står hukade över skrinet när en av dem tar fram en tång ur sin väska. Det hörs en smäll och locket ramlar loss. De står så tätt intill varandra att det är svårt för Rubin att se vad som försiggår. Strax går en av dem ut på inägan och man ser då att han håller ett papper i handen. Rubin gnuggar ögonen för att om möjligt kunna se vad det är. Men det blir inte bättre. Så börjar de gå mot den snitslade vägen igen och pratar hela tiden med varandra. Rubin ligger tryckt intill marken vid sidan om en större sten och håller andan när de passerar bara några meter ifrån. Han hör att de pratar om en bit karta som skall leda dem vidare. Åter följer han efter på avstånd och ser att de lämnar byn igen.

När Rubin berättar för Kottfrid om dagens händelse blir denne nyfiken och ber Rubin vara observant under morgondagen om de återkommer. I så fall skall han snarast meddela Kottfrid som då tar över. Hela följande dag går utan att Rubin sett till främlingarna.

Av en händelse dyker de upp vid sågen där en av arrendatorerna sågar timmer. De går fram till arrendatorn och frågar var de kan finna ett stenröse som skall vara beläget vid Skalleån. Han pekar nedströms och undrar vad främlingarna har för ärende.

”Vi är arkeologer och inventerar stenåldersgravar i området”, säger en av dem.

”Jag kan följa med er och visa var röset är”, säger arrendatorn.

”Nej tack, vi klarar oss själva och vill inte vara till besvär”.

Men arrendatorn bli misstänksam och ber sin medhjälpare vid sågen att följa efter främlingarna. Stenröset ligger ungefär tjugo meter från åkanten och är delvis täckt av buskar.

”Här är det”, säger en av dem.

”Jo, det stämmer enligt kartbiten”, säger en annan.

”Det är bara att plocka bort stenarna och sedan förhoppningsfullt hitta nästa bit av kartan”.

När de börjar lyfta bort de stora stenarna beger sig medhjälparen tillbaka till sågen och återger vad han sett och hört. Arrendatorn ber honom att springa till Kottfrids bostad och berätta om händelsen. Kottfrid som lagt sig för att vila blir väckt och när han hört berättelsen rusar han ut ur huset med riktning mot fornlämningen vid Skalleån. När han kommer fram ser han att de stora stenarna i röset ligger utspridda i terrängen. Han springer runt i området men inte en människa syns till. Nu känner han ilskan komma krypande i kroppen och tänker inte ge sig förrän vandalerna är funna. Han går till slottet och berättar för Winnar vad som hänt. Denne besöker först inägan och konstaterar att någon grävt där och en bit från hålet hittar han ett rostigt plåtskrin som han tar med sig. Han ser även att röset är saboterat och att det ligger en liten pappersbit på marken. När han tar upp den ser han att det är en bit av en gulnad karta som har en kryssmarkering vid stenröset. Nu börjar tankarna snurra i huvudet på Winnar som blir nyfiken på vad som försiggår. Att rasera ett kulturminne och utge sig för att vara representanter från riddarhuset och arkeologer tycker han är kriminellt. Han besöker länsman som hänvisar till stadens poliskår.

Med häst och kärra beger han sig till stadens polishus och avger sin syn på händelserna. Poliserna misstänker att det är tjuvar som rekognoserar inför ett inbrott på slottet. De berättar att det varit en rad inbrott den senaste tiden men att man inte lyckats få fatt i brottslingarna. De lovar att under morgondagen infinna sig på Skalleholm för att sätta sig in i situationen.

Följande dag uppenbarar sig sex uniformerade poliser vid gårdscentrum. Winnar möter upp och informerar om vad som hänt. De besöker de platser som inkräktarna varit på och kommer fram till att det nog är en liga som förbereder inbrott på slottet. Greve Diedrik informeras och kräver att slottet skall skyddas dygnet runt, helst av beväpnade militärer. Han ber Winnar kontakta stadens regemente. Det dröjer inte länge förrän ett tjugotal fältuniformerade och beväpnade militärer kommer och reser ett stort tält i slottsparken och de stationeras ut på lämpliga ställen runt slottet. Poliserna går runt och informerar alla boende på Skalleholm och ber dem

vara speciellt uppmärksamma på främlingar. Om någon
okänd figur dyker upp skall detta rapporteras till poliserna.

Några dagar senare skall Viola besöka slottet för att prata om
nya prydnadsväxter i slottsparken. När hon kommer närmare
slottsporten blir hon stoppad av några poliser. De pratar med
varandra en stund och Viola ser då militärförläggningen i
slottsparken och blir förskräckt och arg. När de berättar för
henne att man bevakar slottet då man misstänker att ett
inbrott kommer att ske blir hon förvånad. Hon vill bli närmare
informerad och man berättar om vad som tidigare
observerats för henne. Hon bara stirrar på poliserna och
skakar på huvudet. Efter att ha presenterat sig och sitt ärende
släpper de fram henne till slottet.

Under tiden ser en av militärerna några främlingar som
kommer gående på bygatan. Han springer fram och säger åt
främlingarna att stanna och pekar mot dem med sitt vapen.
Förskräckta blir de stående och undrar vad som är på gång.
Ytterligare några militärer och två poliser kommer. Poliserna
går fram till främlingarna, sätter på handklovar och lotsar
dem till gårdscentrum. När de tillfrågas om sitt ärende säger
de att de skall träffa greve Diedrik för att diskutera ett
reparationsarbete på slottet. När Kottfrid kommer ut från sitt
kontor i gårdscentrum går han fram till poliserna som berättar
att de nu fångat de som tänkt göra inbrott på slottet. När
Kottfrid tittar på dem ser han att det är några andra personer
än dem som han tidigare träffat. Han påpekar att de inte alls
liknar de misstänkta personerna. Kottfrid söker upp mister
Jones och får bekräftat att man väntar på några hantverkare

som skall renovera i köksregionen. Man plockar bort handfängslen och lotsar dem till slottet. En polis följer med in för att förvissa sig om att allt är i sin ordning.

I slottsparken ser Viola att många av hennes blommor och buskar misshandlats och säger åt militärerna att de får hitta någon annan plats att tälta på. Sedan går hon till gårdscentrum och ber att få bli informerad om vad som händer på egendomen. Mitt Jägermeister, Vidar Åkerfeldt, Kottfrid och Winnar sitter i mötesrummet och diskuterar strategi med chefen för poliserna när Viola stegar in. Efter att man berättat för henne om bakgrunden till all uppståndelse omkring slottet säger hon:

"Det hela måste vara ett misstag. Om det är som jag tror så är det nog jag som är ansvarig för främlingarnas besök på Skalleholm. För någon månad sedan blev jag ombedd av greve Diedrik att anordna en skattjakt på Skalleholm. Han stod i skuld till Filemon Kråkenhielm på Kråkesta herrgård och de hade kommit överens om att greve Diedrik skulle återbetala den. Eftersom Filemon är en person som skojar och lurar andra i sin omgivning tänkte greve Diedrik att han skulle ge tillbaka med samma mynt. Han bad Filemon att skicka ut några man på en skattjakt och om de lyckades finna skatten så skulle den överlämnas till Kråkenhielm och saken vara utagerad. Filemon accepterade detta och sannolikt är det hans mannar som går omkring på ägorna och letar skatt."

Winnar tycker att det hade varit lämpligt att få veta om detta i förväg. Han skyndar till slottet för att tala ut med sin far. När slottsfamiljen äter sin lunch, kommer Winnar instormande och skäller ut sin far och talar om att det är han som är orsaken till det stora uppbådet utanför slottet. Greve Diedrik rodnar och erkänner att han helt glömt bort samtalet med Filemon Kråkenhielm. Winnar uppsöker sedan poliserna och militärerna och avblåser tillställningen.

Några dagar senare ser mister Jones att en ruta har krossats på slottets nedervåning. När friherrinnan får se det blir hon alldeles till sig och skriker ut att det är tjuvar inne i slottet. Återigen tar man kontakt med polisen i staden och de kommer ut till slottet och påbörjar en brottsundersökning. Snart har man konstaterat att det är en fågel som krossat rutan och den återfinns i rabatten nedanför det trasiga fönstret. Med lite luktsalt återfår friherrinnan sansen igen och börjar skälla ut mister Jones för att kvalitén på rutorna är för dålig och beordrar honom att byta alla glasrutor i slottet.

Efter en tid har man glömt hela historien och man återgår till den vanliga vardagslunken.

INFLUENSAN.

Friherrinnan tycker att greve Diedrik börjar bli gammal och senil och ifrågasätter om han kan sköta egendomen på ett tillfredsställande sätt. Men han protesterar och säger att det bara är han som kan leda arbetet och han känner sig inte gammal. Även sonen Winnar tycker att man borde anställa någon som engagerar de anställda på egendomen på "ett modernt sätt" som han uttrycker det. Men greve Diedrik står på sig och vägrar att bli ersatt av någon skulle vara bättre lämpad. Diskussionerna har pågått ungefär under ett års tid.

Så en dag blir greve Diedrik sjuk med hög feber och yrsel. Man tillkallar läkare från staden som konstaterar att han drabbats av en svår infektion. Läkaren överlämnar ett antal påsar med medikament och beordrar patienten att ta ett antal doser dagligen och att inta sängläge. Friherrinnan ber läkaren att stanna kvar på slottet ett tag framöver för att övervaka den allt svagare greven. Men han säger sig inte kunna göra det då många andra patienter också behöver hans hjälp. Efter mycket dividerande tar läkaren farväl och lämnar slottet. Fru Tossa får i uppgift att mata greve Diedrik två gånger om dagen. Patienten protesterar varje gång och försöker vifta bort henne. Med mister Jones hjälp lyckas de att få i greve Diedrik lite mat och dryck.

En dag när Winnar kommer på besök till slottet har han med sig en liten påse som innehåller extrakt från gula afrociablommor. Han försöker övertala sin mor att ge det till fadern då han anser att det har sjukdomsläkande egenskaper. Friherrinnan, som ogillar förslaget, säger att magiska växter snarare förvärrar situationen. Winnar försöker då övertala fru Tossa att blanda in extraktet i maten till greven utan att någon får veta det. Men hon säger sig inte vilja göra det då även hon är skeptisk till förslaget.

Efter en tid tillfrisknar greve Diedrik så pass att han kan lämna sängen men är yr och har svårt för att prata. Nästan allt arbete har avstannat på egendomen under sjukdomsperioden och förvaltarna, som inte vågar ta beslut som inte är sanktionerade av greve Diedrik, är irriterade och bråkar med varandra. Den dåliga stämningen noteras av Winnar som nu tänker ta saken i egna händer och meddelar att han tillfälligt tar över sin fars roll som egendomens överhuvud. Beslutet accepteras av de anställda utanför slottet och arbetet kommer åter igång. Men det är ingen syssla som egentligen tilltalar honom utan han funderar på en mer bestående lösning. Han räknar med att greve Diedrik inte kommer att kunna leda verksamheten då han försvagats av sjukdomen och därtill den höga åldern.

En dag samlar Winnar alla förvaltarna till konferensrummet på gårdscentrum. Han redogör för situationen och säger att han själv inte har för avsikt att leda verksamheten på egendomen i fortsättningen då han vill ägna sin tid åt växtforskningen. Han anser att man bör anställa en person som kan ta över greve Diedriks ledarskap. Förvaltarna tittar på varandra och undrar om det är möjligt att greven verkligen släpper taget om egendomen. Winnar menar att om alla förvaltare är eniga så skall han kontakta greve Diedrik och försöka övertala honom. Vidar Åkerfeldt tycker att förslaget i och för sig är bra men han menar att mycket kommer att bero på vem som tar över. De andra instämmer och frågar Winnar om han har förslag på någon som kunde vara lämplig. Han har funderat ett tag och tror att det finns ett par personer som skulle kunna vara tänkbara. Förvaltarna skruvar på sig och tänker att någon av dem skulle kunna få förtroendet.

Efter några dagars förberedelser beger sig Winnar till slottet. Först vill han prata med sin mor. Friherrinnan tar emot honom i ett av gemaken. De slår sig ned och friherrinnan undrar vad han har på hjärtat.

"Jo", säger han, "arbetet på egendomen går på halvfart och man vågar inte göra något utan att tillfråga min far".

"Jag har hört rykten om att du inte vill ställa upp för din far", säger friherrinnan.

"Som mor vet, så är mitt intresse riktat åt växtforskningen och jag har inte ambitionen att ta över ansvaret för egendomens skötsel på sikt. Dessutom har jag inte rätt utbildning eller tillräckliga kunskaper inom aktuella områden", fortsätter Winnar.

"Jag har förstått att du inte är intresserad och din far vet också om det så han har haft kontakt med riddarhuset för att på något sätt kringgå fideikommisslagen och har planerat för din syster Esmeralda att ta över efter sig", säger friherrinnan och blänger på Winnar.

Han tittar förvånat på sin mor och undrar:

"Hon skaffar sig visserligen rätt utbildning men kan hon leda personalen på egendomen"?

"Jag anser att hon har bättre förutsättningar än sin far att på ett myndigt sätt leda allt utomhusarbete. Dessutom har hon ju hjälp av sin man Balthasar", säger friherrinnan och knycker med nacken.

Winnar som inte hunnit berätta om sitt eget förslag förblir tyst en stund. Han drar en djup suck och inser att det inte är rätt tillfälle att framföra sina synpunkter just nu varpå han lämnar slottet. Han funderar på om det finns något annat sätt att få igenom sin idé. Åter samlar han förvaltarna och framför sin mors syn på saken. De råder honom att istället diskutera det med greve Diedrik. Winnar vill fundera ytterligare och ber att få återkomma.

Tiden går och situationen blir förvärrad av att många av jordbruksarbetarna insjuknar med influensaliknande symptom med hög feber, svaghetstecken och yrsel. Detta händer strax innan höstskörden skall börja och lantbruksförvaltaren deltar själv i fältarbetena och försöker värva några av skogsarbetarna som ersättare till sjuklingarna. Men deras ovana vid jordbruksarbete gör att det ena misstaget efter det andra inträffar. Winnar åser det hela och beslutar sig för att uppvakta greve Diedrik och diskutera en lösning på den akuta situationen.

Även i slottet går allt i långsamt tempo då fru Tossa inte orkar gå upp ur sängen och säger sig vara smittad av farsoten som drabbat Skalleholm. Winnar konfererar med sin mor och de kommer fram till att läkaren måste komma på sjukbesök. Men det dröjer innan han kan komma då det tycks som om stora delar av distriktet drabbats av samma åkomma och även läkaren säger att han känner sig utmattad och febrig.

Nu ser Winnar sin chans att ta upp sitt förslag om att anställa en ersättare för sin far. De båda träffas i slottets bibliotek där greve Diedrik sitter försjunken i en tronliknande länsstol och omvirad med flera lager yllefiltar. Winnar berättar om det kaotiska läget med alla sjuka arbetare och att det ser ut att bli problem med höstskörden. Greve Diedrik bara stirrar rakt framför sig utan att röra en min. Man vet inte om han uppfattar det som berättas för honom. Nu ser Winnar sin chans att presentera sin plan. När han redogjort för den sticker greve Diedrik fram sin ena arm, lyfter ett finger och markerar sitt missnöje. Med hes röst säger han sävligt att han sänt bud efter Esmeralda och Balthasar och att de skall överta hans syssla till dess att han blir så pass kry att han själv kan leda verksamheten igen. Även Winnar har haft kontakt med sin syster och fått besked om att hon inte kan lämna sina studier i Tyskland förrän tidigast om något år. När han återger detta till sin far ser han att tårarna rinner nedför kinderna och han har svårt för att tala så pass tydligt att han blir förstådd. Greve Diedrik gör en gest som Winnar uppfattar som att han skall lämna rummet.

Åter tar han kontakt med förvaltarna och säger nu att han pratat med sin far utan framgång och att han kommer att ta saken i egna händer och börja leta efter en lämplig person med totalansvar för allt yttre arbete. Denne skall anställas snarast för ett år till att börja med.

Det går några dagar och Winnar beslutar sig för att göra en resa till staden och sammanträffa med några personer som han tidigare haft kontakt med, vilka skulle kunna vara tänkbara kandidater. Det är framför allt två individer, agronom Sten Marklund och professor Leidar Styren. Båda sitter i stadens lantbruksnämnd och har ett förflutet som förvaltare på större lant- och skogsegendomar. Winnar informerar dem om problemen på Skalleholm och undrar om någon av dem skulle kunna tänka sig åta sig rollen som inspektor på Skalleholm under ett år. Båda ställer sig lite tveksamma till åtagandet med motiveringen att Skalleholm är lite speciellt. De syftar då på den dominante greve Diedrik som de vet inte är medgörlig och inte lyhörd för andras synpunkter. De har full förståelse för Winnars ambitioner att modernisera och rationalisera verksamheten på egendomen. Men de antyder diplomatiskt att tidpunkten inte är den rätta då de inte tror att någon kan godkännas av greve Diedrik, vilket är ett krav för att verksamheten skall fungera. Winnar drar en djup suck och säger sig förstå deras resonemang men känner trycket av att någonting måste göras och det snarast. Sedan lämnar han lantbruksnämnden och beger sig hem.

På Skalleholms slott är läget än värre då även friherrinnan och kökspersonalen drabbats av influensan. Winnars fru Molly har fått rycka in som kokerska och mister Jones assisterar henne. Lantarbetarna håller på att friskna till men skogvaktaren Kottfrid och hela hans familj är däckade av influensan. All verksamhet på egendomen går på sparlåga. Winnar diskuterar läget med Molly och hon tycker att han skall hålla sig borta ett tag tills sjukdomsläget förbättrats. Han beslutar då att göra ett besök hos sin bror Kneppen på Skallstavik. Han får hjälp med att iordningställa en lämplig hästvagn för två hästar och beger sig väster ut.

Efter ett par dagars resa anländer Winnar till Skallstavik och bli väl mottagen av en förvånad Kneppen. Denne undrar om Winnar är smittbärare och håller sig på avstånd när han informeras om situationen på Skalleholm. Snart har Kneppen glömt smittrisken och tar med Winnar på en rundvandring på egendomen. Han berättar att arbetet på egendomen går förvånansvärt bra trots att man har väldigt få anställda. Sedan en tid tillbaka har han haft hjälp av en förvaltare som vet mycket om modernt lant- och skogsbruk. Nu blir Winnar intresserad och önskar träffa denne. De beger sig till förvaltarbostaden och knackar på. En yngre, lättklädd dam öppnar och säger att förvaltaren inte är hemma men han kan höra av sig när han dyker upp.

Under middagen pratar de om minnen de upplevt tillsammans som till exempel den senaste jakten på Skalleholm. Winnar berömmer Kneppen för hans idé att tillverka ett horn som man blåser i för att locka till sig viltet. Han berättar att han också själv tillverkat ett horn med samma princip och hade blivit förvånad över den positiva effekten. Kneppen skruvar lite på sig när den jakten kommer på tal. Han minns hur han blivit utskälld av sin far för att han använt hornet. Efter middagen ursäktar sig Kneppen för att han måste iväg och tala med någon om en förestående slakt av några biffdjur.

Winnar sätter sig till ro i biblioteket och läser en bok om ogräsbekämpning när det knackar på dörren och en lång, lite mörkhyad person i 40-årsåldern kliver fram till honom och presenterar sig.

 ”Jag heter Lager Blad och är förvaltare på Skallstavik”, säger mannen och sträcker fram sin hand för att hälsa.

 ”Jag heter Winnar Skalle och kommer från Skalleholm”, säger Winnar, ”och är bror till greve Knut”.

 ”Jag har hört en del om den egendomen”, fortsätter Lager Blad, ”greve Knut har berättat många lustiga historier därifrån”.

"Jag kan nog inte intyga riktigheten i vad Ni har hört. Jag känner min bror alltför väl".

Winnar ber Lager Blad att slå sig ned på en stol bredvid.

"Ni önskar tala med mig om något", säger Lager Blad och ser fundersam ut.

Han får då höra om situationen på Skalleholm och att man letar efter en inspektor som kan samordna verksamheten. Han har hört märkliga historier om greve Diedrik och undrar om det ligger någon sanning i dem. Winnar skrattar och säger att de är synnerligen överdrivna. Men lite sanning finns det och han förklarar sin egen uppfattning om livet på Skalleholm. Lager Blad lyssnar och när Winnar slutat sitt anförande säger han att han har planer på att säga upp sig på Skallstavik. Orsaken är att han har svårt att arbeta nära greve Knut som alltid har egna lösningar på allting och det skapar irritation och underminerar ledarskapet. Winnar lyssnar och smilar emellanåt då han kan känna igen släktskapen med sin far. Så gör Kneppen entré. Lager Blad reser sig och erbjuder sin plats. När Winnar informerat om samtalet säger Kneppen:

"Lager Blad skulle passa bättre på Skalleholm än på Skallstavik. Jag är inte helt nöjd med honom då han går egna vägar och har svårt för att lyssna till mina goda råd. Om nu greve Diedrik inte förmår hålla ställningarna och ni behöver modernisera så passar han utmärkt. Jag kan mycket väl tänka mig att avvara honom. Som jag ser det blir det en kostnad mindre för oss på Skallstavik".

Winnar vänder sig mot Lager Blad med en frågande min.

"Vad tycks om förslaget", undrar han.

"Då jag aldrig varit på Skalleholm vill jag först besöka egendomen för att bilda mig en uppfattning om verksamheten och de personer som arbetar där. Jag vill inte ha med slottet eller personal därifrån att göra".

Winnar, som ser en lösning på sitt problem, föreslår att han följer med tillbaka och presenteras för de ansvariga för egendomens drift och bli insatt i den ekonomiska situationen. Kneppen tycker att det är ett bra förslag och ser det som ett problem mindre på Skallstavik. Under hemresan berättar Winnar mer om livet på Skalleholm. Lager Blad är mest intresserad av om greve Diedrik kommer att lägga sig i hans planering. Han får till svar att greven är så pass nedgången att risken är mycket liten. Men, säger Winnar, vi får pröva oss fram under ett år. Slottsförvaltningen undantas då han själv tar ansvar för den tills vidare. Lager Blad berättar om sig själv och sin erfarenhet av storskalig lantbruksverksamhet och Winnar låter sig imponeras av hans drivkraft och initiativförmåga. Han tänker att det här är precis vad Skalleholm behöver. När de kommer fram visar Winnar ett större hus som är tänkt att bli bostad åt den nye inspektorn. Det är ett stort tvåvåningshus och ligger på den närmsta arrendegården och har tomt ned mot Skallen. Tills vidare får han bo på härbärget.

Winnar sammankallar förvaltarna och man samlas på
gårdscentrum för en presentation av Lager Blad. Det börjar
med att Lager Blad berättar om sina meriter och följs av
information av var och en av förvaltarna. Lager Blad säger att
han är imponerad av att man lyckats driva egendomen så
pass bra på ett så gammalmodigt sätt. Sedan blir det
rundvandring på egendomen. Först visar Viola Blom
trädgårdsmästeriet och Winnar berättar om sin forskning och
afrocia. Lager Blad säger sig vara imponerad av Winnars
verksamhet och vill gärna lära sig lite mera och skulle gärna
spendera en hel del tid "bland buskarna" säger han
skrattande och tittar på Viola. Hon rodnar, tittar i golvet och
säger samtidigt att de ska fortsätta till orangeriet och hennes
specialodlingar.

Påföljande dag visar Vidar runt på den odlade delen av
egendomen och man tittar sedan på alla faciliteter i
gårdscentrum. Lager Blad blir imponerad av att man kan
producera så mycket mjölk i den primitiva ladugårdsmiljön.
Man diskuterar växtföljd och sättet att bruka jorden. Sedan
tar Mitt över och de far med häst och vagn och tittar på de
olika skogsskiftena och sågen. Skogvaktaren Kottfrid gör dem
sällskap och berättar om planerna för avhuggningar och
skogsföryngring. Lager Blad bara lyssnar och har inga
kommentarer. Kottfrid, som alltid är misstänksam, undrar om
den tilltänkte medarbetaren har någon erfarenhet av
skogsbruk.

"Min blivande uppgift är inte att sköta skogen, utan se till att
ni gör det på ett kostnadseffektivt sätt", säger Lager Blad.

Kottfrid ger sig inte och en diskussion blossar upp. Lager Blad ger bara diplomatiska svar på alla Kottfrids frågor, vilket retar honom. Mitt lägger sig i och säger att de får prata ut vid ett annat tillfälle. När de kommer till sågen blir Lager Blad imponerad av den innovativa mekanism som man konstruerat för effektiv sågning. Han kliver ur hästvagnen och tittar noga på hur sågningsprocessen går till. När han ligger under sågbordet och följer sågbordets rörelser hör han en ilsken röst.

"Är det en sabotör eller spion som ligger där", undrar Taggen som precis anlänt. Mitt förklarar vem det är men Taggen ger sig inte.

"Dra ut fanskapet i ljuset så att jag kan se honom bättre", fortsätter Taggen.

Lager Blad kryper fram och presenterar sig för Taggen.

"Du får gärna stå en bit ifrån och titta på sågen, men du får fan-i-mig inte röra den för då skjuter jag dig".

Kottfrid ber Taggen att lugna ner sig och passar på att berätta om vem han är och vad han sysslar med. Han tillägger också att man inte skall bry sig om Taggen då han inte är riktigt "rumsren". Medan de pratar anländer en av arrendatorerna som skall såga en del plank. Lager Blad stannar kvar för att se sågen i drift. Han språkar med arrendatorn för att höra lite om situationen på arrendegårdarna. När han får höra att de är mycket självständiga och att alla arrendatorer uppskattar såväl greve Diedrik som personalen på Skalleholms egendom så känner han sig nöjd och smilar upp sig. Taggen, som hela tiden står en meter från Lager Blad, synar honom uppifrån och ned och mumlar svordomsramsor.

Plötsligt hörs ett brak och sågen stannar. Taggen lägger sig under sågbordet för att undersöka vad som hänt. Han reser sig och konstaterar att en rem brustit och sågningen måste avbrytas. Han vänder sig mot Lager Blad och säger att det är dennes fel och anklagar honom för sabotage. Lager Blad tittar förundrat på Taggen och ber att få titta på den trasiga remmen. Motvilligt plockar Taggen fram remmen och alla synar den. Lager Blad konstaterar att remmen är utsliten och pekar på trådarna vid brottstället. Sedan vänder han sig mot Kottfrid och säger att den inte kan lagas utan en ny rem måste ersätta den gamla. Kottfrid tar Taggen åt sidan och efter en häftig diskussion dem emellan beger sig Taggen iväg, svärande och spottande.

På kvällen besöker Winnar Lager Blad på härbärget och undrar hur han uppfattat situationen på Skalleholm.

"Jo", säger Lager Blad, "jag är lite förundrad över att allting fungerar så pass bra under så primitiva förhållanden. Lönsamheten skulle kunna flerdubblas om man gjorde rationaliseringar. Jag tycker att växthusverksamheten är föredömlig och jag skulle vilja studera den lite närmare för att lära mig om sådant som jag aldrig sysslat med".

"Vad tror Ni om att vara oss behjälplig under ett år och påbörja ett rationaliseringsarbete".

"Det finns en hake med det hela", säger Lager Blad och tittar Winnar i ögonen, "jag har inte träffat greve Diedrik ännu och det är ju han som bestämmer och anställer medarbetare".

"Jag bokar en tid i morgon på slottet så får vi höra efter hur han ser på det", säger Winnar.

Sedan skiljs de och Winnar tar sig direkt till slottet och söker upp sin far. Denne är sängliggande och rör inte en min när Winnar sätter sig på sängkanten. Han berättar att han varit i kontakt med Esmeralda som inte kan komma förrän efter avslutade studier. Greve Diedrik ligger hela tiden med slutna ögon och säger med svag röst att de får talas vid i morgon.

Följande dag sitter greve Diedrik i sängen när Winnar kommer på besök. Han säger att han funderat mycket och kommit till slutsatsen att någon utomstående inte kan ersätta honom utan vidare. Winnar förklarar då om sin resa till Kneppen och att han har tagit med sig Lager Blad till Skalleholm. Efter en stunds tystnad säger greve Diedrik att han önskar träffa denne. Med ett stort smil beger sig Winnar ut till härbärget. När han knackar på dörren får han inget svar. Han öppnar dörren och finner rummet tomt. Han genomsöker hela härbärget men ingen Lager Blad syns till. Har han rest tillbaka till Skallstavik eller har han tagit en promenad? Winnar beger sig till gårdscentrum men där finns bara Mitt som inte sett till honom. Då går han till växthusen men där finns bara några trädgårdsarbetare. Vid förfrågan säger de sig inte veta något. När han närmar sig Viola Bloms kontor hör han röster. Han

gläntar på dörren och finner då Lager Blad sittande på en stol
med Viola i knät. Hon reser sig snabbt då Winnar kommer in.
Med blossande röda kinder säger hon:

"Jag har fått besök".

"Jo, jag ser det", säger Winnar och fortsätter vänd mot
Lager Blad, "greve Diedrik tar emot nu".

"Visst, men jag vill prata med honom i enrum".

Båda ilar till slottet och Winnar anvisar till grevens gemak och
lämnar sedan slottet. Efter ett par timmar kommer Lager Blad
ut och promenerar till härbärget. Senare på eftermiddagen
knackar han på hos Winnar som ber honom stiga på. Därpå
utspelar sig ett samtal mellan de båda som avslutas med att
Lager Blad reser sig upp och lämnar slottsflygeln.

Nästa dag beger sig Winnar till växthusen för att höra om
Viola har påverkat Lager Blad på något sätt. Hon berättar då
för honom att de haft ingående diskussioner och hon anser
att han skulle passa alldeles utmärkt som inspektor. Hon hade
gett honom diverse råd inför mötet med greve Diedrik då hon
ansett sig veta vilka svagheter han har. En av dessa är åtrån
efter väna kvinnor. Lager Blad skulle föreslå att rusta upp
badanläggningen i slottsflygeln och skapa ett
gemensamhetsbad för både män och kvinnor. Förutom att
erbjuda lättklätt umgänge i en tropisk miljö skulle man också
kunna boka tid för privat massage, vilket borde intressera
greve Diedrik. Han skulle också erbjudas exotiska drycker som
gör att tillfrisknandet snabbas på och som även förlänger

livet. Hon tror inte att greve Diedrik skulle kunna motstå
detta, speciellt när det sägs av en utomstående person som
har arbetat hos sonen på Skallstavik. Han kommer att ösa
beröm över Kneppen och det "fantastiska" arbete som han
utfört på egendomen, vilket resulterat i att Skallstavik utsetts
till en mönstergård av oanat slag. Winnar lyssnar på Viola
utan att säga ett ord. När hon berättat färdigt tar han henne i
hand och säger att hon verkligen lyckats hitta knepen att få
greve Diedrik på gott humör.

Detta har sedan resulterat i att Lager Blad välkomnats till
Skalleholm som inspektor och ersättare för greve Diedrik för
ett år. Men han måste regelbundet rapportera till slottet så
att greve Diedrik kan kontrollera att uppdraget fullföljs.

STRÖMGENERATORN.

Höstskörden är i sin slutfas och har gått snabbare än tidigare
år då man infört en mängd rationaliseringar. En hästdragen
skördetröska, som inspektor Lager Blad själv konstruerat
under sin tid på Skallstavik, har medfört att skördearbetet
förenklats och avklarats på en bråkdel av den tid som tidigare
år ägnats åt denna verksamhet. All halm samlas in och läggs i
stora högar på fälten. Från Skallstavik har Lager Blad även
tagit med sig sin senaste uppfinning, en mobil halmpress, som
drivs av två hästar som, spända för en lång bom, går runt och
driver en lem av trä, vilken rör sig fram och tillbaka framför en
låda av trä. I denna pressas halmen ihop och vid ett givet
tryck öppnar sig en lucka på baksidan där den pressade
bunten faller ut. I själva slutfasen läggs ett grovt snöre av
hampa runt bunten som sedan knyts för hand av en
lantbruksarbetare. Den skickas därefter vidare till en annan
som kastar upp den på en flakvagn för hemtransport.

Lager Blad följer skördearbetet och ger tydliga instruktioner
om hur det hela skall gå till. Vidar Åkerfeldt är med hela tiden

och kan bara konstatera att man sparar in mycket tid med färre skördearbetare.

När skörden är bärgad är det dags för den årliga skördefesten. En solig och varm höstdag dukar man upp långbord framför gårdscentrum. Slottets kökspersonal står för maten och det lokala bryggeriet för den sedvanliga ölen. Alla som deltagit i skördearbetet bjuds in samt dessutom alla förvaltare, slottspersonal och skogvaktaren Kottfrid. Hedersgäster är greve Diedrik, friherrinnan och Winnar. Alla, utom greve Diedrik och friherrinnan, infinner sig och man frossar på helstekt gris och egenskördad potatis. Winnar håller tal och berömmer Lager Blad för hans handlingskraft, smarta uppfinningar och goda ledarskap. Plötsligt får man syn på greve Diedrik som kommer linkande med stöd av mister Jones. De stannar vid det bord där Winnar, förvaltarna och Lager Blad sitter. Winnar reser sig upp och erbjuder sin plats. Men greve Diedrik viftar med handen och säger med viskande röst att han är nöjd med skörden. Därefter går han tillbaka.

När middagen är över lullar folk runt, skrattar och berättar vitsar om det nya skördesättet. Lager Blad som hela tiden suttit vid sidan av Viola tar henne i handen och de promenerar iväg mot slottsparken. Kottfrid, som inte riktigt accepterat Lager Blad, följer paret på avstånd. Han ser att de passerar parken, pekar på vissa statyer och skrattar. Promenaden fortsätter ned mot Skalleån där de slår sig ned i en sluttning invid åkanten och omfamnar varandra. Kottfrid försöker smyga så nära som möjligt men är så engagerad med att följa paret med blicken att han inte märker att han

kommit till kanten på branten. Ett steg framåt och han faller
framlänges och rullar nedför branten tätt förbi Lager Blad och
Viola och ner i vattnet. Hans färd följs av paret som reser sig
upp efter en stund och tittar efter Kottfrid. Men ingen
Kottfrid syns i vattnet. Viola börjar känna obehag och ber
Lager Blad att söka utefter åkanten. De vandrar sakta
nedströms och tittar hela tiden efter Kottfrid i vattnet. Ibland
stannar de upp för att lyssna om de kan höra något som
antyder att han är i behov av hjälp.

 Men, det enda som hörs är bruset från vattnet när det rusar
ned mot Skallen. Efter en stund kommer de fram till ett
vattenfall. I åkanten finns där en bråte av järnrör, runda
metallcylindrar och trästockar. När de står där och tittar hör
de ett klagande ljud från en vassrugge. De konstaterar att det
knappast är ett fågelläte utan något annat. De beger sig dit
och makar undan vassen. Då ser de en figur som ligger i
vattnet. När de kommer fram upptäcker de att det är Kottfrid
som ser halvt medvetslös ut. Lager Blad går ut i vattnet och
försöker dra upp honom men något tar emot. Han
konstaterar att Kottfrid fastnat i en lina som håller honom
kvar i vattnet. Han stoppar handen i fickan och får upp en
mindre kniv, vilken han använder för att skära loss Kottfrid.
Sedan hjälps de åt att dra upp honom på åkanten. Viola
undrar hur det är fatt och med hes röst säger han att han är
räddad från en säker död.

 ”Nåja”, säger Lager Blad, ”du klarar nog livhanken, men se
det som ett straff för smygtittande”.

Efter ett antal ursäkter sätter sig Kottfrid upp och säger:

"Vi befinner oss på en intressant plats".

"Vad är det för intressant med den, det är ju bara en massa bråte vid åkanten", säger Viola.

"Jo, här är Skalleholms framtid", säger Kottfrid medan han tar av sig på överkroppen och vrider vattnet ur kläderna.

"Tacksam om du inte tar av dig kläderna på underkroppen i damens närvaro", säger Lager Blad och fortsätter, "byxorna får du torka när du kommer hem. Förresten, vad menar du med framtid"?

"Jo", säger Kottfrid, "det är här som Winnar och Mitt Jägermeister har planerat att anlägga en turbin som skall elektrifiera Skalleholm".

Han berättar sedan om de planer han hört talas om men att man inte kommit till skott på grund av bristande kunskaper.

"Intressant", tycker Lager Blad, som känner en utmaning för sitt uppfinnarsinne.

Alla tre gör sällskap hem till Kottfrid som bjuder in dem på ett glas Genever som han fått av en kusin. Viola och Kottfrid samspråkar under det att Lager Blad sitter tyst och verkar vara i en egen värld. Plötsligt reser han sig, tackar för drycken och ger sig av. De båda andra tittar upp och hinner inte säga något innan Lager Blad stängt dörren bakom sig. De tittar sedan förvånat på varandra och konstaterar att de nog satt myror i huvudet på inspektorn.

Några veckor senare dyker Lager Blad upp på gårdscentrum och kallar till sammanträde med greve Diedrik, Winnar och förvaltarna. De tar plats i konferensrummet där Lager Blad har lagt ut en ritning som nästan täcker hela konferensbordet. När alla står böjda över ritningen säger Lager Blad:

"Anledningen till att jag samlat er här är att jag vill presentera ett förslag på hur vi skall elektrifiera Skalleholm".

Greve Diedrik, som även han står böjd över ritningen med hjälp av mister Jones, mumlar haranger på tyska och vänder sig mot Lager Blad:

"Hrrrm, detta ser ju intressant ut, men såvitt jag vet så har inte inspektorn rådgjort med mig om något elverk på egendomen". Han hämtar andan en stund och fortsätter:

"Däremot har han lovat att anlägga en exotisk badinrättning i slottsflygeln".

Greve Diedrik sätter sig på en stol och säger vidare:

"Varje dag besöker jag slottsflygeln, men har ännu inte sett något resultat. Har han lurat mig"?

"Nejdå, det är ett stort projekt som tar lite tid och engagerar även trädgårdsmästeriet som måste odla fram de planerade exotiska växterna", förklarar Lager Blad.

"Vad anser ni om mitt förslag till hur vi skall skapa elektricitet på egendomen".

Greve Diedrik skakar på huvudet, reser sig och lämnar gårdscentrum. De övriga samspråkar sinsemellan och önskar mer detaljer om "strömgeneratorn". Lager Blad påpekar att investeringskostnaden inte är så hög. Den bekvämlighet som elektricitet i alla hushåll innebär är på sikt en stor besparing. De närvarande tycker att förslaget är utmärkt och undrar när det hela kan komma igång. Lager Blad säger att han inte kan göra något utan att greve Diedrik går med på det.

Efter några veckor försöker Winnar ta kontakt med inspektorn men han verkar som uppslukad av jorden. Då börjar Winnar bli bekymrad och funderar på om det hänt honom något. På härbärget har man inte sett till honom och har trott att han gett sig av. Ingen han frågar har sett skymten av Lager Blad på länge. Inte ens Viola säger sig veta var han befinner sig och uttrycker sin förundran över detta. Winnar besöker slottet för att höra efter om han lämnat något meddelande, men ingen vet något. Nu börjar Winnar fundera på om han farit tillbaka till Skallstavik. Men det verkar också osannolikt då han på något sätt borde talat om det, han är ju formellt anställd på egendomen.

Hemma tycker Molly att Winnar skall ge sig till tåls lite. Han dyker nog upp så småningom. Då kommer Winnar på att han inte talat med Kottfrid, han kanske vet något. Han beger sig till Kottfrids bostad men det är bara hans hustru Talla som är hemma. När Winnar frågar var Kottfrid är blir hon blossande röd i ansiktet och säger att hon blivit ombedd att inte berätta för någon vart han tagit vägen. Nu blir Winnar arg och med barsk ton befaller han henne att tala om var han är. Han förklarar att det är viktigt då det nu är två befattningshavare som saknas på egendomen. Med gråt i rösten säger hon att han är hos en av arrendatorerna, vilken har han inte talat om. Winnar funderar en stund och frågar henne om hon vet vad han gör hos arrendatorerna. Han har inte meddelat sin närmaste arbetsgivare, Mitt Jägermeister, vad han har i görningen, vilket han alltid brukar göra. Talla säger sedan att han går ut tidigt varje morgon och hon ser inte honom förrän sent på kvällen. Winnar tackar för informationen och beger sig hem. Nu börjar han fundera på om Kottfrid och Lager Blad kokat ihop något tillsammans som kanske har med "strömgeneratorn" att göra.

Winnar beslutar sig för att göra ett besök på den plats vid Skalleån där man tidigare planerat att turbinen skulle anläggas. När han kommer fram ser han att all bråte vid åkanten tagits bort och när han tittar tvärs över ån märker han att man byggt ett skjul på motstående sida. Lite nedströms noterar han att man lagt ut en flytbro över ån. Winnar beger sig dit och går över på andra sidan. Han banar väg genom en tät vassrugge och kommer så fram till skjulet, tittar in och ser att det är tomt. Utanför finns en smal väg som leder upp till den arrendegård som har ägorna ned mot Skalleån.

Nu börjar Winnar ana vad som är på gång. För att förvissa sig promenerar han till arrendatorsbostaden och knackar på.

Efter en stund öppnas dörren och arrendatorsfrun, som känner igen Winnar, undrar vad hon kan stå till tjänst med. Han vill veta om händelsevis skogvaktaren och inspektorn finns i närheten. Arrendatorsfrun tittar ut snett bakom honom och nickar. Han vänder sig om och skymtar Kottfrid i en port på långladan. Hon säger att de håller på med ett hemligt projekt och tror inte att de vill bli störda. Han nöjer sig med detta, tackar för informationen och ber arrendatorsfrun att inte berätta att han varit där. Med lätta steg beger han sig tillbaka till flytbryggan, förvissad om vad Kottfrid och sannolikt även Lager Blad håller på med. Han vill avvakta tills vidare och låta uppfinnarna sköta sig själva.

Någon månad senare har Lager Blad kallat till ett sammanträffande med Winnar och förvaltarna. Även Kottfrid är adjungerad till mötet. Inspektorn berättar då att han och Kottfrid har börjat fundera på ett sätt att generera elektricitet. Kottfrid smilar och påpekar att det är en lysande idé. Winnar frågar var anläggningen är tänkt att vara placerad och får till svar att platsen ännu är hemlig. Han påpekar samtidigt att planen är att den skall vara belägen utom synhåll från slottet. Detta för att inte interferera med godsets drift och personal och inte heller störa greve Diedrik. Vidar Åkerfeldt tycker att det är genialt och får medhåll av de övriga. Winnar undrar om Lager Blad verkligen har tid att ägna sig åt projektet och får till svar att anläggningen kommer att färdigställas under vintern då aktiviteten på Skalleholm är som lägst.

”Jag är den ende ur personalen på huvudegendomen som kommer att vara involverad och kan mycket väl planera min tid så att det ordinarie arbetet inte blir drabbat”, säger Kottfrid.

Innan mötet avslutas ber Lager Blad de närvarande att inte säga någonting om vad som avhandlats.

Vintern kommer och ”strömgeneratorn” har fallit i glömska ända tills en natt då en brand utbryter i ett av husen längs bygatan. De omkringboende hjälps åt att bekämpa elden och snart har man det hela under kontroll. Lager Blad förhör sig om brandorsaken och får till svar att någon råkat välta en fotogenlampa och genast hade det börjat brinna i ett par gardiner och sedan snabbt spridit sig till träväggen och delar av bohaget. Inspektorn söker upp Winnar och redogör för händelsen och påpekar samtidigt att om huset varit försett med elektrisk belysning hade detta aldrig inträffat. Han föreslår samtidigt att Winnar kan följa med och besöka den plats där ”strömgeneratorn” håller på att färdigställas.

De beger sig till arrendegården på andra sidan Skalleån och i en stor lada är ett par man sysselsatta med att tillverka ett skovelhjul. Lager Blad berättar att man planerat att utnyttja vattenkraft från ån där den är som stridast. Han pekar bortåt det nybyggda huset som Winnar tidigare inspekterat. Man har kommit överens med arrendatorn om att placera ”strömgeneratorn” på arrendemarken och att denne också hjälper till att installera och sköta anläggningen. På så sätt undviker man att greve Diedrik har synpunkter och kan lägga sig i. Winnar står tyst en stund och säger sedan att anläggningen visserligen kommer att stå på arrendemark men greve Diedrik är ju också ägare till denna. Han tror att man på något sätt måste få greven att godkänna att man uppför en "strömgenerator" på hans ägor.

"Det där har jag också funderat på", säger Lager Blad när de båda beger sig hemåt.

"Jag tror att jag kan lösa det också", säger han och fortsätter, "jag har faktiskt redan förberett för det".

Våren kommer och Skalleholm vaknar upp ur dvalan. Greve Diedrik har kryat på sig litet men känner sig fortfarande svag och säger sig inte orka gå runt på egendomen och inspektera. Lager Blad har vid flera tillfällen besökt greve Diedrik och diskuterat rationaliseringsplaner. I de flesta fall har greve Diedrik försökt förklara att det inte kan bli bättre än det varit under hans aktiva tid. Men han har fått ge med sig efter det att Lager Blad på diplomatiskt vis förklarat att rationaliseringar är nödvändiga för att driva verksamheten i tiden och hålla lönsamheten uppe. Han har ofta hänvisat till Skallstavik, vilket har gjort att greve Diedrik lättare accepterat.

Den primitiva badanläggningen i slottsflygeln har rivits ut och man anlägger två bassänger och ett antal rum i anslutning till dessa. Greve Diedrik besöker byggplatsen minst en gång om dagen och pekar och har synpunkter. Viola Blom och Lager

Blad lyssnar och håller med, men följer sina tidigare
uppgjorda planer.

Man planerar att slottsbadet skall vara färdigställt innan man
berättar för greve Diedrik om byggandet av
"strömgeneratorn". Alla väggar och golv inklusive
bassängerna är klädda med kakel från stenbrottet där Sten
Brottare har experimenterat med infärgning av
kakelplattorna. Olika kulörer i badanläggningens golv och
väggar gör att det känns som om man befinner sig i ett
korallrev. Viola har placerat ut stora krukor med exotiska,
blommande och doftande växter. Efter en tids byggande står
badanläggningen klar och ett antal människor närvarar vid
invigningen.

Greve Diedrik erbjuds att ta första doppet men nekar och
hänvisar till sin dåliga hälsa. Runt bassängerna har man ställt
upp bord med exotiska förfriskningar som gästerna bjuds på.
När man står och språkar med varandra och beundrar
färgprakten hörs ett stort plask. Allas blickar vänds mot den
bassäng från vilken ljudet kommer. Då ser man Lager Blad
sprattla med armar och ben i vattnet. Kottfrid kommer
springande med en stor håv och försöker lyfta upp badaren.
Naturligtvis lyckas det inte och alla brister ut i gapskratt. Till
slut hoppar Winnar ned i vattnet och hjälper Lager Blad
komma upp ur bassängen. Väl uppe på bassängkanten svär
han och undrar vem som knuffat i honom. Ingen ger sig till
känna men han stirrar på Kottfrid som gömt undan håven och
bara skrattar.

Sedan beger sig båda in i ett av omklädningsrummen och man kan tydligt höra hur Lager Blad häver ur sig svordomar. Greve Diedrik som åsett det hela skrattar och slår sig för benen så att lösgomen faller ned i vattnet. Han står länge och bara stirrar efter den i vattnet. Så vänder han sig mot mister Jones och ber honom att genast ta upp det tappade garnityret. Men denne kan inte simma och är rädd för vatten i allmänhet och säger till en av bassängarbetarna att tömma bassängen. Detta tar en stund och alla närvarande följer händelserna och när den är tömd applåderar alla utom greve Diedrik, mister Jones och Kottfrid. Den senare hämtar ett rep och binder kring midjan på mister Jones som sedan firas ned till bassänggolvet. När garnityret är räddat är det dags att dra upp mister Jones. Kottfrid drar av allt vad han rår men rår inte få upp honom. Med hjälp av några åskådare lyckas man dock. Alla applåderar och man utbringar ett hurra samtidigt som man intresserat följer händelserna.

Winnar påkallar tystnad och säger:

"Nu har greve Diedrik invigt badanläggningen på sitt sätt".

Några dagar senare uppvaktas greve Diedrik av Winnar och Lager Blad. De förklarar att nu är badanläggningen invigd och man vill ha greve Diedriks tillstånd att låta bygga "strömgeneratorn". Han lyssnar på hur de förklarar vad som är planerat. Efter en stund säger han att han tillstyrker det hela med ett undantag. Han tycker att anläggningen skall ligga där man tidigare planerat för turbinen, det vill säga på slottssidan av Skalleån. Lager Blad förklarar då att den planerade platsen är noga utvald med tanke på tillräckligt vattenflöde, skötsel och läglighet för kabeldragning. Via kontakter har Lager Blad beställt en generator från utlandet och väntas anlända i en nära framtid.

Byggandet av "strömgeneratorn" har pågått en tid och är nu färdigt för ett officiellt test. Inspektorn samlar till allmän visning av underverket. Man beger sig till det lilla huset vid Skalleån och där ser man en stor elgenerator som är uppallad på timmerstockar. Ett gigantiskt skovelhjul, till en fjärdedel nedsänkt i vattnet, har byggts utanför huset. Från detta går en metallaxel in i huset och slutar med en remskiva. På denna löper den rem som får generatorns rotor att rotera. På ena väggen finns ett skåp med säkringar och en kabel som leder från generatorn. En sladd är dragen från skåpet till en låda som har en lampa monterad i botten. När Lager Blad har informerat om hur det hela fungerar är det dags att göra ett första test. Skovelhjulet börjar röra på sig och det surrar ljudligt i generatorn. Lager Blad höjer rösten för att bli hörd och säger att nu kommer lampan i lådan att börja lysa. Alla står förväntansfullt och stirrar på lamplådan. Man slår på en strömbrytare i skåpet och sedan skall det ske. Men inget händer. Inspektorn går själv fram till skåpet och synar det, sedan går han till generatorn och slutligen till skovelhjulet. Han konstaterar att allt är som det skall vara och börjar se missmodig ut. De närvarande börjar prata eller snarare skrika till varandra för att överrösta den höga ljudnivån och pekar än hit än dit inne i huset. Winnar viftar mot utgången varvid alla beger sig ut i det fria. Man konstaterar att invigningen får senareläggas. När åskådarna har lämnat anläggningen samspråkar Lager Blad och Kottfrid och undrar vad som gått snett. Det fungerade ju igår. Man stannar skovelhjulet och Kottfrid kryper på alla fyra för att syna alla anslutningar. Allt verkar vara i ordning men varför fungerar det inte?

Tidigt nästa morgon väcks Winnar av att någon knackar på dörren. När han öppnar ser han att det är arrendatorn som var med på invigningen av "strömgeneratorn". Förskräckt säger han att det har brunnit i anläggningen. De båda beger sig dit och när de kommer fram ser de bara förkolnade rester av huset och skovelhjulet. Trägolvet som generatorn stått på har gett vika och generatorn har hasat ned i ån så att man bara ser överdelen på den.

Arrendatorn berättar att han, kvällen före, sett en figur smyga omkring nere vid ån. Han hade trott att det var Kottfrid eller Lager Blad som återvänt till anläggningen för att se till att den fungerade. Winnar beger sig ut och söker upp Lager Blad som inte öppnar dörren när han knackar på. Han vänder då om och småspringer till Kottfrids hus. En yrvaken skogvaktare öppnar och undrar vad som står på. När han får höra vad det är klär han på sig och de båda gör sällskap till anläggningen. Kottfrid går runt och synar och undrar om det kan vara någon som har saboterat "strömgeneratorn". Utan att hitta något som ger fog för hans misstankar går de tillbaka till Skalleholm. De beger sig direkt till inspektorns logi, men han tycks inte vara hemma. Winnar pekar mot orangeriet och antyder att han kan finnas där. Efter att ha gått igenom hela växthusanläggningen syns inte ett spår av Lager Blad.

Kan han ha övernattat hos Viola, undrar Winnar och båda går
över till hennes bostad och knackar på. Efter en längre
väntan, utan att någon öppnat dörren, rycker de på axlarna
och lommar iväg till gårdscentrum. Vid ett skrivbord sitter
Mitt Jägermeister och när han hör vad som hänt blir han
bestört och säger att han faktiskt förväntat sig att något
sådant skulle kunna hända. Han hade hört att elektricitet var
mycket farligare än något annat och att bränder och
explosioner, som orsakats av just elektriciteten, hade inträffat
i staden. Inte heller han hade sett inspektorn sedan
invigningen dagen innan.

Någon vecka senare dyker Lager Blad upp på gårdskontoret
och man undrar var han hållit hus och berättar för honom om
branden. Han har varit i staden för ett privat möte och blir
bestört av budskapet om branden. Winnar som är lite sur för
att inspektorn inte anmält sin bortavaro säger hånfullt att
elektricitet tycks vara lika farlig som alla andra källor som
används för belysning. Lager Blad låtsas som om han inte
hörde det och säger att någon måste ha saboterat
anläggningen. Vid en förnyad inspektion av brandplatsen tror
Lager Blad att någon mindre kunnig person har försökt starta
"strömgeneratorn" och att en gnista från elkabeln kan ha
antänt anläggningen. Han säger vidare att han har på känn
vem denne person skulle kunna vara.

Vid ett senare tillfälle besöker Lager Blad sågen och träffar
där Taggen. Han tar tag i dennes rock och rycker ned honom
på golvet, sätter sig på honom och säger att han inte reser sig
förrän han erkänt. Med stönande röst berättar Taggen att han

försökt starta "strömgeneratorn" på kvällen. Han motiverar sitt agerande med att han trodde sig kunna få den att fungera. Plötsligt började det brinna i skåpet på väggen och han hade rusat till arrendatorsbostaden för att be om hjälp med släckningen. När hjälpen kom fram stod hela huset i brand. Lager Blad undrar varför han inte meddelat någon på Skalleholm. Jodå, han hade gått till härberget flera gånger under natten för att berätta för inspektorn men han fanns inte där.

Tiden går och snart är "strömgeneratorn" bara ett minne.

DOPET.

Ett par år har gått sedan inspektorn Lager Blad anställdes på Skalleholm. Mycket har hänt under denna tid. Rationaliseringar inom jordbruket, skogsbruket och animalieproduktionen har inneburit att många anställda har fått sluta. Lönsamheten har dock mer än fördubblats och allt verkar vara frid och fröjd på egendomen. Greve Diedrik har under åren drabbats av slaganfall och djupa depressioner och har tillbringat mycket tid på stadens sjukhus. Friherrinnan har vistats längre perioder hos sin dotter i Tyskland och har knappt varit synlig utanför slottets väggar på Skalleholm. Trädgårdsförvaltaren Viola Blom skall gifta sig med Lager Blad under kommande vinter och hon har erbjudits en chefsbefattning på det stora trädgårdsmästeriet i huvudstaden och han har accepterat att bli huvudansvarig för rationaliseringar på samma trädgårdsmästeri.

På Skalleholm har förvaltarna uppskattat Lager Blads engagemang och sett fram emot ännu en vigsel i slottskyrkan. Men Viola har förklarat att de skall gifta sig på hemlig ort. Skogvaktaren Kottfrid har tjatat på Lager Blad att göra ett nytt försök att elektrifiera på egendomen men har inte blivit bönhörd. Taggen har slutat vid sågen och sökt sig till en mekanisk verkstad i den närbelägna staden och hans sysslor har övertagits av en av arrendatorerna.

Ansvaret för trädgårdarna och växthusen tas över av Winnar som därmed blir en av förvaltarna på egendomen.

Så en dag kommer en svart- och gulfärgad täckt hästkärra och svänger upp och stannar framför slottstrappan. Ur kliver först greve Diedriks dotter Esmeralda tätt följd av sin man Balthasar. Han håller ett knyte i famnen som är det senaste tillskottet inom Skalleätten. Något senare meddelas att en son har fötts i Tyskland för ett par månader sedan. Den stolte fadern promenerar runt på egendomen och visar upp den lille krabaten som ligger i en hög barnvagn med mycket stora hjul och har en sufflett som i stort sett gör att man inte kan få en skymt av barnet. På bygatan flockas arbetarfruarna runt barnvagnen och tisslar och tasslar sinsemellan. När Balthasar kommer tillbaka till slottet samlas alla anställda på Skalleholm utanför gårdscentrum för en information.

"Inspektor Lager Blad kommer att lämna oss inom en snar framtid. Vi vill tacka honom för hans engagemang ", säger Winnar med hög röst och överlämnar en inslagen present.

"Tack för att ni alla har ställt upp för mig och gjort det möjligt att modernisera Skalleholm", säger Lager Blad och tar Winnar i hand.

"Så vänder jag mig till dig Viola. Det är tråkigt att du också kommer att lämna oss men gläds över att du äntligen hittat den rätte att gifta dig med. Du har betytt så mycket för Skalleholm och dina dekorationer på egendomen har glatt många av oss. Jag hoppas att du har kvar ditt intresse för exotiska växter när du nu snart skall byta arbetsplats. Jag vet att vi alltid kan rådfråga dig för att få råd om hur vi skall sköta orangeriet och de stora specialodlingarna. Alla här på Skalleholm kommer att sakna dig", säger Winnar och räcker över att litet paket till henne.

"Tack för all hjälp och stöd som jag fått av er under åren. Min förhoppning är att trädgårdsmästeriet kommer att leva kvar och jag har tänkt mig att i framtiden göra besök på Skalleholm för att se att allt flyter som det skall", säger Viola och tårarna rinner nedför kinderna.

Alla applåderar och hurrar och sedan blir det mingel och Viola får ta emot mängder av presenter. Skaran skingras och Winnar återvänder till slottet. Nu har friherrinnan kallat till sammankomst med slottspersonalen, Winnar, Esmeralda och Balthasar. De samlas i biblioteket och alla undrar vad som är på gång. Inte ens Winnar vet vad som skall avhandlas på mötet.

Balthasar sätter sig i en av de stora länsfåtöljerna med ett glas whisky i handen. Alla andra blir stående.

"Jag har pratat med greve Diedrik och vi har kommit fram till en rad förändringar här på Skalleholm. Först och främst har vi beslutat att han avsäger sig ledningen för Skalleholms alla aktiviteter på grund av sin ohälsa. Winnar, som borde tagit över enligt riddarhusets normer då han är äldste sonen och den självklare fideikommissarien, har avsagt sig adelskapet. Det innebär att han inte längre är välkommen hos oss på slottet. Han och hans familj måste flytta ut ur slottsflygen snarast. I stället kommer flygeln att bli bostad åt Esmeralda och Balthasar", säger friherrinnan när hon blir avbruten av Balthasar som plötsligt reser sig upp och hurrar fyra gånger. Friherrinnan hytter åt honom och ber honom att sätta sig igen och hålla tyst.

"Esmeralda kommer att överta greve Diedriks ledande funktion inom slottet såväl som ansvar för alla yttre aktiviteter på Skalleholms egendom. Hon kommer senare att samla alla förvaltarna och ge dem direktiv om fortsatt verksamhet på egendomen. Hon kommer även att samla alla arrendatorer och förnya alla avtal samt att också delge dem nya direktiv", fortsätter friherrinnan och gör en paus.

Winnar står tyst och lyssnar hela tiden och funderar. Då han varit förberedd på att flytta ut ur slottsflygeln har han och hans fru Molly diskuterat lämplig bostad och kommit fram till att de flyttar in i Violas hus nere vid Skallen. Efter att ha tagit några klunkar vatten fortsätter friherrinnan:

"Vid samtal med representanter för riddarhuset har man kommit fram till att vår yngste son, greve Knut, kommer att registreras som fideikommissarie. Då han har fullt upp med

sitt Skallstavik har han meddelat att han tillförordnar
Esmeralda att ta ansvaret för Skalleholm tills vidare".

"Slutligen vill jag meddela att om en vecka blir det dop av
Esmeraldas gosse i vår slottskyrka", säger hon och blänger på
Esmeralda som tittar ned i golvet.

Några dagar går och man städar och pryder slottskyrkan. Då
den präst som vigde Esmeralda och Balthasar inte längre är i
tjänst så kommer man att skicka en yngre prelat. Även den
nye kantorn är ung och när han besökte slottskyrkan för att
provspela orgeln noterade han att den nog tjänat ut. Den
visade sig vara fuktskadad och höll inte tonen. Han föreslog
att i stället anlita sin kyrkokör. När saken diskuterades med
friherrinnan sade hon att prästen får avgöra vad som passar
sig bäst vid dopet.

På dopdagen beger sig friherrinnan till kyrkan strax innan
dopet skall förrättas. Hon tycker att dekorationerna är lite väl
spartanska och beger sig till Viola för att be henne göra om
dekoren. Men Viola har rest till staden och är inte anträffbar
förrän till kvällen, så hon får nöja sig med vad som redan
gjorts. Så skall dopakten börja och de enda närvarande,
förutom dopfamiljen, är friherrinnan och sonen greve Knut
med hustru. Friherrinnan ber prästen att dröja en stund så att
fler besökare kan närvara. Hon går själv ut ur kyrkan och letar
reda på Winnar. Han finns i växthuset och säger sig vara
förhindrad att närvara vid dopet. Hon undrar då om inte de
andra förvaltarna skulle kunna ställa upp. Winnar förklarar då
att alla är upptagna med sina sysslor och förmodligen inte kan

närvara vid dopet. När hon kommer tillbaka till kyrkan ser hon att ingen annan dykt upp så hon ger prästen tecken på att påbörja akten. Den inleds med att kantorns kör, totalt fyra personer, två män och två kvinnor, sjunger en psalm. Esmeralda bär själv fram barnet under det att Balthasar går omkring och tittar på dekorationerna. Gossen döps till Maxfred Hieronymus.

När dopet är avklarat säger friherrinnan att alla närvarande är välkomna till en lättare lunch på slottet. När de kommer till den sal där friherrinnan tänkt sig ha lunchen finns varken dukat bord eller mat. Hon ropar på husfrun, fru Tossa, men får inget svar. Då går hon in i slottsköket och där finns bara kokerskan Matilda som ser förvånad ut när friherrinnan kommer in. När hon undrar varför det inte finns någon lunch framdukad säger Matilda att hon inte fått någon order om att tillreda en sådan. Friherrinnan blir då arg och beordrar Matilda att omedelbart tillreda en lunch och servera den i den sal som tidigare angivits. Kokerskan som inte varit förberedd säger med bestämd ton att det tar ett par timmar att skaffa fram råvaror och att tillreda dem. Dessutom är den övriga kökspersonalen inte på plats för att servera herrskapet. Nu är friherrinnan så arg att hon springer ut från köket men råkar snubbla i trappan upp till gästerna som befinner sig på paradvåningen. Hon dunsar i golvet och slår huvudet i ledstången så att hon tuppar av. Esmeralda börjar undra varför det dröjer med lunchen och hon beger sig till slottsköket. När hon kommer till trappan får hon syn på sin mor som ligger avsvimmad. Hon ropar på hjälp och Matilda

kommer ut och tillsammans försöker de att bära friherrinnan
ned till köket. Men friherrinnan väger så pass att de två
damerna inte orkar lyfta henne utan släpar henne till Matildas
lägenhet invid köket.

Nu börjar Balthasar bli hungrig och undrar om inte lunchen
snart serveras. Han beger sig till slottsköket och ser en flaska
på en av bänkarna. Han tar ur korken och luktar på innehållet.
Aha, tänker han, det är brännvinet till lunchen. Lukten känner
han igen och antar att den ädla drycken är smaksatt med
afrocia. Han sätter flaskan till munnen och tar ett par rejäla
klunkar och stegar in till Matilda och de andra två. Han tar sig
åt magen och viker sig dubbel och faller ned på golvet.
Matilda undrar vad som är fatt och då han berättar om
drycken säger hon att den inte är drickbar, det är diskmedel
som är parfymerat. Nu vaknar friherrinnan till sans och undrar
var hon är och vad alla gör där. Så får hon syn på Balthasar
som ligger dubbelvikt på golvet. Hon går fram till honom och
sparkar lätt på honom och säger åt honom att resa sig upp.
Men han ligger kvar och bara stönar. Friherrinnan tar
Esmeralda i armen och de lämnar köksregionen.

När de övriga lunchgästerna får reda på att måltiden är
inställd lämnar prästen slottet och blir ombedd att kontakta
läkaren när han kommer till staden. Matilda söker upp mister
Jones och ber honom hjälpa till med Balthasar. Han går till
medicinskåpet i köket och tar fram en flaska med kräkmedel,
skruvar av förslutningen, och med Matildas hjälp häller de en
del av innehållet i munnen på Balthasar. Strax börjar han
tömma innehållet i magsäcken på golvet och försöker

samtidigt prata med båda de andra som ropar åt honom att vara tyst så att han inte andas in det som skall ut. Efter en tid kommer Esmeralda in i Matildas lägenhet och hör sig för om Balthasar. Han har då kvicknat till och sitter på Matildas sängkant. Hon tar honom i armen och säger att de skall ta sig tillbaka till sin bostad och invänta läkaren. När denne kommer och undersöker Balthasar säger han att det nog var tur att mister Jones fick honom att tömma magen då det annars kunde ha slutat illa.

HÅRRESANDE?

En dag i april kommer det ett brev till greve Diedrik. Det är
från hans bror count Baldwin Skull i England som vill komma
på besök. Greve Diedriks dotter Esmeralda, som numera är
ansvarig för alla aktiviteter på slottet, informeras och ser fram
emot att träffa sin farbror som hon bara hört talas om. Brevet
besvaras och greve Baldwin och hans gemål grevinnan Fiolina
önskas välkomna till Skalleholm i juni. Det sedvanliga
städandet av slottet startar och man förbereder en svit på
slottets övervåning.

En solig och varm dag i början av juni rustar kusken Ivar
slottets stora täckta glasvagn, spänner för fyra hästar och
beger sig till storstaden i Götaland för att hämta upp det
engelska greveparet. En vecka senare kommer ekipaget till
Skalleholm och möts på slottstrappan av Esmeralda och
Balthasar. Väl inne i slottet berättar man att greve Diedrik är
sjuk och mest sängliggande, friherrinnan sitter i rullstol och
att egendomen numer drivs av Esmeralda. Trots språkliga

svårigheter lyckas man förklara situationen för besökarna.
Esmeralda har bett Winnar att närvara när han har tillfälle då
han behärskar det engelska språket. Vid middagsmåltiden i
slottets matsal berättar greve Baldwin att det finns ytterligare
personer i följet från England, närmare bestämt 15 stycken.
De väntar i Götalands storstad på att få resa till Skalleholm.
Fem av dessa är barn till Baldwin och Fiolina, fyra är barnbarn,
en butler, två kammarjungfrur och tre andra anställda på
slottet. De beräknas anlända om ytterligare en vecka.

Fru Tossa ordnar med logi för hela den stora familjen i slottets
övervåning. Även butlern och kammarjungfrurna bereds plats
där. De övriga får logera på härbärget. När så alla har anlänt
blir det liv och rörelse i slottet. Greve Diedrik har försett sig
med öronproppar och friherrinnan håller mest till i den
privata delen av slottet och är bara synlig vid måltiderna.

Greve Baldwin har synpunkter på matsedeln och kräver
engelsk mat åt sig och familjen. Ett av greve Baldwins barn är
tursamt nog kock och tillsammans med kokerskan Matilda
lagar de all mat i slottsköket. Husfrun, fru Tossa, har placerat
ut ett antal vaser med afrocia-blommor runt om i slottet och
en sötaktig doft sprider sig vida omkring. Grevinnan Fiolina
klagar på huvudvärk och anser att hon inte tål afrocia-doften.
Hon går själv runt och plockar bort all blomsterdekoration
som sedan slängs ut genom ett fönster.

Greve Baldwin önskar se mer av egendomen och Winnar
ställer upp som guide. Mest populärt är besök i växthusen.
Winnars två söner följer med på sightseeingen och Kal

berättar om sina drömmar att bli kemist med inriktning mot växtkemi. Han beskriver sina planer på att starta en kemisk institution och där kunna omsätta alla sina idéer om att utnyttja växternas egenskaper och skapa nya typer av energikällor. Greve Baldwin lyssnar och önskar honom lycka till.

Per berättar att han har helt andra ambitioner. Han vill flytta till England och driva växtodling på de milsvida hedarna. Greve Baldwin småler och föreslår att han kommer över till England så snart som möjligt för att lära sig engelskt jordbruk. Pojkarna blir mer och mer ivriga och pratar i mun på varandra. Winnar avbryter dem och tar med greve Baldwin till sitt speciallaboratorium där han berättar om allt som kan utvinnas ur afrocia-växterna. Greve Baldwin blir intresserad av alla konstiga kemikalier som blommorna innehåller. Han undrar om det finns någon ingrediens som kan stimulera hårväxten. Winnar funderar ett tag och säger att han inte känner till vad alla växtens kemikalier egentligen har för effekter på människor och djur. En del har han kartlagt men har inte tänkt på att testa på hårväxten. Greve Baldwin tar av sig sin keps och blottar sin kala hjässa och säger:

"Nu har du chansen att pröva detta. Jag har alltid drömt om att ha ett mörkt, långt hår, precis som på tavlorna som föreställer våra förfäder inom Skalleätten."

"Jag tycker att idén är intressant och vill fundera på vilken av växtens delar som skulle tänkas fungera", säger Winnar och ser lite tankfull ut.

"Ett krav är dock att medlet är luktlöst. Grevinnan är allergisk mot de flesta dofter utom en, vanilj, som hon dränker in sina näsdukar i och håller dem under näsan under större delen av sin vakna tid. Hon har till och med dränkt in sina sovkuddar med vaniljextrakt och förklarat att hon då får så underbara drömmar", säger greve Baldwin och ler.

"Vad tror Ni om att tillsätta lite vaniljarom till hårväxtmedlet", undrar Winnar.

"Well, risken är då att hon själv smetar in sig i medlet. Jag tror inte att hon vill ha besvärande hårväxt på sin kropp, vilket kommer att resultera i att hon förbjuder mig att använda det", replikerar greve Baldwin.

Skogvaktaren Kottfrid Grangren kommer in i växthuset och erbjuder sig att guida den engelska gästen på ägorna, varefter de båda lämnar Winnar. De promenerar runt i slottets omgivningar och greve Baldwin får detaljerad information om sågen, stenbrottet, kvarnen och alla aktiviteter runt om byn. Rundturen avslutas vid bryggan utanför slottet och Kottfrid berättar om slupen Skallina och föreslår att greve Balwin går ombord. Men denne säger att han har lätt för att bli sjösjuk och brukar alltid undvika små, flytande föremål och vill gärna ta sig tillbaka till slottet.

Winnar talar med sonen Kal om greve Baldwins önskemål. Båda tycker att det är en intressant utmaning och börjar genast diskutera om det är någon av blommorna eller andra delar av växten som skulle kunna innehålla en kemikalie som påverkar hårväxten. De går till växthusbiblioteket och bläddrar i de dokument som beskriver vad man hittills gjort för observationer. Inget finns skrivet om hårstimulerande medel och Kal säger att han en gång hörde ett föredrag som handlade om att stimulera cellers tillväxt. Men Winnar protesterar då och menar att man kanske inte vill få cellerna i hårbotten att bli större och flera utan snarare att hårcellernas unika egenskap att producera hår borde stimuleras.

"Jag har noterat att det finns ett par olika typer av kolhydrater i rötterna på afrocia-växten som skulle kunna modifieras så att de stimulerar cellaktivitet", säger Kal.

"Är det något som du skulle kunna göra här i laboratoriet", undrar Winnar.

"Javisst", säger Kal och börjar med att plocka fram en burk med torkade afrocia-rötter.

Kal tillbringar ett par dagar i växtlaboratoriet där han prövar olika extraktionsförfaranden. Han lyckas hitta två olika kolhydrater som han vill koppla ihop och sedan testa. Han funderar länge på hur detta skulle kunna åstadkommas. Till slut beger han sig ut till skogskanten en bit från slottsparken. Där plockar han ett knippe utslagna gullvivor som han tar med sig till laboratoriet. En hel dag håller han på med att dissekera blomställningarna på gullvivorna och placerar delar av dessa i olika extraktionsmedel.

En vecka har gått och Kal vill diskutera sina planer med sin far. De båda ses i växhuslaboratoriet och Kal berättar att han nu

lyckats att koppla ihop två specifika kolhydrater från afrocia-
rötterna med hjälp av *primulin* som han extraherat från
gullvivornas blommor. Den färdiga produkten är en ofärgad
lösning utan doft. Han undrar hur man kan testa produkten
om den har avsedd effekt. Winnar får en idé att pröva medlet
på några råttor. Det finns gott om sådana bakom växthusen.

Han beger sig till smedjan och ber att få hjälp med att tillverka
en råttfälla i form av en nätbur. Den skall fånga in råttan
levande och ha en flyttbar nätvägg så att buren kan
komprimeras för att komma åt råttans päls utifrån. Snart har
smeden gjort en liten nätbur med en gavel som sluttar något
inåt i den nedre delen. När en råtta känner lukten av en
afrocia-indränkt talgboll inne i buren knuffar den in
gavelväggen som ger efter och råttan hamnar inne i fällan.
Gavelväggen återgår sedan snabbt till stängt läge. Buren är så
konstruerad att endast en råtta kan ta sig in men inte ut.
Winnar tar med sig fällan till baksidan av växthusen för att
testa om den fungerar som det var tänkt.

Jodå, en råtta var snart fångad och skjutväggen fungerade och
kunde komprimeras planenligt. Ytterligare nio burar
beställdes av smeden. Nu var allt förberett för experimentell
testning av Kals nya medel som förväntas stimulera
hårtillväxt.

Inne i slottet börjar de engelska barnen känna sig hemma och
springer omkring i alla lokaliteter. De observeras av butlern,
mister Jones, som får ställa tillbaka saker som barnen flyttat
om. Vid ett tillfälle råkar de välta en staty i biblioteket. Den

föreställer en tidigare släkting inom Skalleätten. Den faller omkull, går sönder och mängder av bitar ligger spridda på parkettgolvet när mister Jones kommer in. Genast kallar han på fru Tossa och ber henne plocka upp alla bitar och lägga dem i en låda. Tanken är att mister Jones senare på kvällen skall limma på dem. Statyn, inlindad i ett tjockt tyg, och lådan transporteras sedan till ett utrymme invid köket där mister Jones har en liten verkstad. Förhoppningen är att statyn skall vara hoplimmad och placerad på sin plats innan slottets invånare vaknar följande morgon. Det visar sig att några bitar från ansiktet saknas. Mister Jones, fru Tossa, städerskan Damma och de två pigorna kryper alla på knä för att leta på golvet i biblioteket. Men inga ytterligare bitar hittas och sökandet avbryts och mister Jones återvänder missmodig till sin verkstad. Han funderar på hur han skulle kunna tillverka en ny näsa, en mindre bit på ena örat och en bit av hakan som blivit avslagna, bitar som inte hittats. Han kontaktar Winnar för att få råd om hur man bäst skall tillverka nya bitar som passar. Han får tipset att gå till växthusen och ta en bit lera som används för att tillverka blomkrukor.

Sagt och gjort, han får en stor klump av en halvfast, grå massa och man säger till honom att först göra en form för de felande bitarna och sedan smeta ut leran i denna och komma tillbaka till växthuset för att bränna leran så att den blir hård. Mister Jones återvänder till sin verkstad och, enligt en egen plötsligt påkommen idé, tigger han till sig lite fast gröt från köket för att göra prototyper. Gröten trycks sedan fast i defekterna på örat och hakan. Han formar en näsa som han tror att den sett ut. Försiktigt placerar han sedan de tre grötbitarna på ett pappersark och ber kokerskan Matilda att sätta in dem i ugnen så att de kan torka och bli fasta. Följande dag när mister Jones kommer till köket för att hämta sina grötbitar visar det sig att dessa krympt och helt förlorat sin form. Åter tar han kontakt med Winnar och berättar om missödet. Winnar har svårt att hålla sig för skratt och säger sedan att det nog är bättre att han använder sig av leran. Båda hjälps åt att skulpturera, men näsan vållar problem. Såvitt Winnar kunde komma ihåg skulle näsan påminna om hans egen.

Mister Jones får i uppdrag att forma en näsattrapp medan han står framför Winnar. Efter att tag kan de enas om hur den skall se ut och alla tre lerbitarna sätts försiktigt på plats. Nu uppstår nästa problem. Hur skall man kunna bränna lerbitarna där de sitter på plats? Winnar menar att det inte går och föreslår istället att pensla över bitarna med golvlack. På en hylla i verkstaden finns en burk som är till häften fylld med detta. Mister Jones penslar lacken på de ditsatta lerbitarna och man får sedan vänta några dagar på att den skall torka.

När det färdiga verket inspekteras har lacken torkat och bildat en fast hinna på lerbitarna. Man noterar att de lackerade delarna är glansiga jämfört med omgivningen. Winnar tycker då att man kan pensla hela statyn med lack så att ingen märker lagningarna. En bra idé tycker mister Jones som skrider till verket. Vad man glömmer är att berätta för städpersonalen om de sköra bitarna, då framför allt näsan. När statyn dammas av enligt ett rutinprogram i städschemat

råkar man komma åt den nya näsan som ramlar loss.
Städerskan blir helt förskräckt och försöker med våld
återplacera den med resultatet att lerbiten, som fortfarande
är fuktig, helt mister sin form. Esmeralda, som blivit
informerad om händelserna, tycker nu att det får vara nog
och säger att statyn hädanefter får vara utan näsa.

Kal har lyckat fånga råttor bakom växthusen och var och en
kryper enskilt omkring i de tio burarna. Nu tillkallar han sin far
för att få hjälp med att applicera den nya uppfinningen på
råttorna. Medlet har hällts i en liten droppflaska och efter det
att Winnar komprimerat råttburen och därmed fixerat råttan
droppar Kal på råttans rygg. Samma sak upprepas på alla tio
råttorna. Råttburarna ställs sedan på ett av de tomma borden
i ett av växthusen. All växthuspersonal blir informerad om
experimentet och ombeds att hålla djuren under uppsikt och
mata dem dagligen.

Även greve Baldwin har blivit invigd i verksamheten och
besöker själv råttorna en gång om dagen. Efter en vecka ser
man att håret på ryggen har växt så att djuren börjar ser
raggiga ut. Kal jublar och är säker på att han lyckats tillverka
ett medel som får håret att snabbt växa. Efter ytterligare en
vecka är hela djuret täckt av hårfällen på ryggen. Den som
jublar mest är greve Baldwin som nu ser möjligheten att få en
naturlig peruk inom en relativt kort tid. Han ber Kal att
droppa medlet på sin kala hjässa, vilket också sker. Han
ombeds ha en huvudbonad på sig såväl natt som dag tills
vidare. Varje morgon tittar han i spegeln för att se om det har
kommit några fjun. Efter en vecka ses ingenting som skulle

tyda på hårbeväxt. Det enda som greve Baldwin märkt är att det kliar intensivt på hjässan. En tid senare är det dags för återfärd till England dock utan att någon hårväxt kan skymtas. Greve Baldwin tar med sig droppflaskan på resan och säger att han kommer att höra av sig regelbundet.

De engelska besökarna på Skalleholm gör sig i ordning för återresan. Kusken Ivar kör dem till storstaden i Götaland där båt väntar för vidare transport till England. En av de tre som bott på härbärget har för avsikt att stanna ytterligare en tid.

Alla på slottet inklusive Winnar pustar ut och snart har allt återgått till normal rytm. Kal har svårt att acceptera det dåliga resultatet på greve Baldwins hjässa. Speciellt eftersom de behandlade råttorna nu ser ut som långhåriga, mobila peruker. Winnar tror att den uteblivna effekten på greve Baldwin beror på att han saknar hårceller på skulten. Sannolikt är det en ärftlig defekt. På släkttavlorna är förmodligen personerna försedda med peruker. Kal accepterar förklaringen och snart är hela experimentet glömt.

Den i det engelska sällskapet som dröjt kvar på Skalleholm är en medelålders man som förklarat för Balthasar att det finns brister i slottets avloppssystem och han skulle gärna hjälpa till att göra en noggrann översyn. Han påstår sig vara rörmokare med specialitet för rörläggningar i slottsbyggnader. Han heter Plumber och Balthasar tycker att förslaget verkar vettigt. Man letar efter gamla kartor i biblioteket som skulle kunna beskriva var alla rördragningar i slottet finns. Trots stora ansträngningar hittas inga kartor och Plumber förklarar då att han själv kan leta sig till var alla rördragningar finns. Esmeralda och Balthasar accepterar det och ger Plumber frihet att röra sig i hela slottsbyggnaden. Den som blir gladast över att han stannar kvar på egendomen är fru Tossa. Hon har blivit kär i engelsmannen som, så ofta tillfälle ges, uppvaktar henne med vackra ord och plockade blommor. Aldrig har någon uppvaktat henne på det viset förut. Hon går i drömmar stora delar av dagarna och Esmeralda undrar hur det är fatt. Men svaren uteblir och med glansig blick utför hon sina göromål i långsam takt till skillnad från tidigare då hon sprang runt och skällde på alla underställda inklusive mister Jones.

En dag frågar Balthasar om Plumber gjort några framsteg och får till svar att han snart kartlagt alla rör i slottet och noterat att avloppssystemet i köket måste bytas ut. Esmeralda informeras och de säger sig vara måna om att slottet är i bästa skick. Balthasar kommer på idén att rådfråga Esmeraldas bror Kneppen som är huvudansvarig för Skalleholms egendom. Men så tycker han att det kanske är att besvära i onödan och saken får bero.

Enligt Plumber måste man börja med att göra hål i väggen i den del av slottet där köket är beläget. När kokerskan Matilda hör detta blir hon först förskräckt, sedan förargad. Hon vill ha bevis för att det finns rör i köksväggen. Tyvärr pratar hon inte engelska utan försöker med hjälp av gester förklara sig. Plumber låtsas som om han inte förstår och meddelar Esmeralda att man kan börja med att utrymma köket. Nu börjar Esmeralda dra öronen åt sig och undrar om hon inte har missförstått Plumbers ambitioner. Visserligen är det språkproblem men man försöker undvika att Winnar eller någon annan närstående som pratar engelska skall invigas i projektet.

En morgon kommer Mitt Jägermeister på besök till slottet för att överlämna några harar som han skjutit. När han ser att Matilda gråter ber han om en förklaring. Matilda berättar då om de planer som hon hört angående utbyte av rör i köksväggen. Mitt säger att han skall kontakta Winnar som får reda ut det hela. När denne får höra om rörproblematiken beger han sig till slottet för att prata med Esmeralda. Efter att hon förklarat vad Plumber berättat blir Winnar utom sig av ilska. Med hög röst förklarar han att det inte finns några rör i slottskökets vägg. Avloppet från köket går direkt ut genom ett hål i golvet från diskavdelningen och via tegelrör till en täckt brunn som regelbundet töms.

Winnar söker upp Plumber för att ha en närmare diskussion med honom. Han blir hänvisad till fru Tossas lägenhet, knackar på och efter en stund öppnas dörren och en halvklädd fru Tossa visar sig.

 "Jag vill tala med Plumber meddetsamma", säger Winnar och försöker kika in i rummet bakom fru Tossa.

 "Ja, jag kommer om en stund", säger Plumber på engelska inifrån rummet.

 "Nej, du skall komma ut nu", ropar Winnar med hög och bestämd röst.

Fru Tossa stänger dörren mitt framför Winnar som blir rasande och sliter upp dörren och går in i lägenheten. Där ser han Plumber i färd med att ta på sig kläderna. Winnar går fram till honom, tar tag i armen och drar ut honom. De stannar först när de kommit till förstugan. Nu börjar Winnar ställa frågor om Plumbers anledning att stanna kvar när de andra i det engelska sällskapet lämnade Skalleholm. Han vill också veta vilka kvalifikationer han har för att ha synpunkter på avloppssystemet på slottet. Plumber sätter sig ned på en av pallarna i vestibulen och börjar förklara. Han ville stanna kvar för att han blivit kär i fru Tossa. Egentligen kan han inget om rörläggning och sådant så allt måste vara baserat på en rad missförstånd. Han hade själv klurat ut att "Plumber" översatt till svenska betyder rörläggare och hade för avsikt att skoja med Balthasar. Hans uppgift hemma på slottsegendomen i England är att sköta hästarna i slottsstallet. Anledningen till att han fick följa med på resan till Skalleholm var att han skulle lära sig lite mer om hästars utfodring. Nu har Winnar hört nog, öppnar porten och släpper ut Plumber och säger åt honom att ta sig till härbärget, packa sina pinaler och lämna Skalleholm snarast.

Winnar kontaktar Balthasar och berättar vad Plumber sagt. Han säger då att Esmeralda hade det hela klart för sig men tyckte att han skulle stanna för fru Tossas skull.

Några månader senare får Winnar ett brev från greve Baldwin som berättar att han ännu inte sett några hårstrån på skallen. Däremot hade han fått infektion i alla rivsår på huvudet och varit tvungen att uppsöka läkare. Han har avbrutit

behandlingen på läkarens order och hoppades på att såren
snart skulle läka så att han slapp bandaget på huvudet.

KVARNEN.

Sedan urminnes tider har man malt spannmål i den gamla kvarnen som ligger i utkanten av Skalleholms egendom invid Krokån. Såväl huvudegendomens som arrendatorernas spannmål tas emot. Lantbruksförvaltningens chef, Vidar Åkerfeldt, är ytterst ansvarig för kvarnverksamheten och besöker den ett par gånger om året. De som sköter det dagliga arbetet i kvarnen är mjölnaren Kornelis Fleur och hans hustru Mehla. Till sin hjälp har de den storvuxne och starke Kalfred Bjesse, kallad Jätten av arrendatorerna, som lyfter tunga spannmålssäckar som om de endast vägde några kilon. Malningen pågår av och till under hela året med undantag av den tid då vattnet i Krokån är fruset. Man är helt beroende av kraften från vattenfallet i ån som driver ett stort skovelhjul, vilket i sin tur driver den stora kvarnstenen som mal spannmålen till mjöl. Kvarnen har två våningar. Den undre är magasin för spannmål som skall malas och uppläggningsplats för mjölsäckar. En trätrappa leder upp till den övre våningen där säden mals.

Det färdiga mjölet samlades tidigare upp i säckar som transporterades ned till den undre våningen via trappan. Men den idérike, före detta inspektorn på Skalleholm, Lager Blad, hade vid ett besök föreslagit att effektivisera kvarnarbetet. En stor tratt av metall och ett metallrör installerades mellan de två våningarna. Allt nymalet mjöl hamnar i tratten på övervåningen och transporteras via röret till bottenvåningen. Änden på röret delar sig i två utgångar och kan användas växelvis för att fylla jutesäckar med den slutliga produkten. Under säcken som sätts på röret placeras en platta på fyra hjul, också konstruerad av Lager Blad, som är försedd med en metallstång och ett handtag av trä. Den underlättar transporterandet av fyllda mjölsäckar som sköts av Mehla.

Kornelis Fleur, eller Blomman som han kallas av arrendatorerna, och hans hustru brukar umgås med skepparen Jean Cabus och Jeanette under vintern när isarna ligger. Båda herrarna har franskt påbrå och arrangerar ett party, "fransk afton", ett par gånger om året. Franska läckerheter införskaffas från huvudstaden och avnjuts tillsammans med gemensamma vänner. Några av arrendatorerna ingår i vänkretsen liksom Vidar Åkerfeldt. Dryckerna man får från Skalleholms bryggeri utgörs av specialöl, smaksatt med extrakt från franska liljor och vin som framställts från en fransk äppelsort med importerad vinjäst.

Till den senaste franska festen har man bjudit in förre inspektorn, Lager Blad och hans hustru Viola Blom, som numera är bosatta i huvudstaden. På förmiddagen ordnar man med en visning av kvarnen och ett besök i växthusen,

Violas tidigare arbetsplats. Hon har synpunkter på
växthusodlingarna och vill gärna dela med sig av sina
erfarenheter från sin nuvarande arbetsplats.

Vid kvarnbesöket berättar Lager Blad om hur man skulle
kunna underlätta arbetet ytterligare. Vidar lyssnar på alla
förslag och föreslår att de båda huvudstadsborna kan
tillbringa sin semestervecka på Skalleholm och förverkliga
sina idéer. Lager Blad grymtar lite men Viola säger sig se fram
emot det med förtjusning.

På eftermiddagen samlas alla utanför kvarnen. Blomman
önskar alla välkomna och ber dem ta plats vid de dukade
borden inne i kvarnen. I skenet av fotogenlampor börjar
måltiden med en alkoholhaltig dryck som är framställd enligt
hemligt recept av en av arrendatorerna. Vid serveringen råkar
Mehla spilla ut lite av drycken på golvet. När hon efter en
stund böjer sig ned för att torka upp vätskan ser hon att ett
antal stora magasinsråttor samlats kring drycken och dricker
för glatta livet. Hon schasar bort dem och festen fortsätter.
Något senare ser man råttorna vingla omkring på golvet
varvid Blomman reser sig, tar tag i deras svansar och slänger
ut dem.

Läckra franska rätter aväts och gästerna blir högljudda och
diskuterar olika saker bland annat turordningen till kvarnen.
Arrendatorerna tycker att de får vänta för länge på sin tur att
få sin spannmål mald. Lager Blad inser problematiken och
tycker att man skall ansluta ytterligare en kvarnsten till
skovelhjulet. Det skulle fördubbla kapaciteten.

Arrendatorerna tycker att förslaget är utmärkt men Blomman protesterar. Han tror inte att golvet håller för ytterligare belastning. Någon av de smått berusade gästerna säger då att Jätten kan ställa sig under och stödja. Ingen uppskattar detta skämt, speciellt inte Jätten själv som går fram till skämtaren, lyfter upp honom och slänger ut honom genom dörren. Med basröst säger Jätten att skojaren kan göra sällskap med de andra berusade råttorna.

Några dagar senare kontaktas Blomman och Mehla av Vidar och de pratar om Lager Blads förslag om en ökning av malningskapaciteten. De besiktigar golvet på det övre planet och kommer fram till att det går att förstärka det med ett par kraftiga bjälkar på undersidan. I övrigt finns det plats för ytterligare en uppsättning av malstenar. Kraften från skovelhjulet bedömer man som tillräcklig för att driva två stora kvarnstenar. Det hela kan kompletteras med ytterligare ett rör till det undre planet så att man kan fylla flera mjölsäckar samtidigt. Mehla är lite tveksam då hon inte tror att hon hinner med mer än en säck i taget. Blomman menar då att Jätten kan hjälpa till med att flytta mjölsäckar.

Planen sätts igång och snart har man förstärkt golvet på det övre planet och rekvirerat två stora runda malstenar från stenbrottet. Man bygger om anslutningen till skovelhjulet och smeden tillverkar ytterligare rör och tratt. Arrendatorerna dyker upp ibland för att följa arbetet. En av dem påstår sig vara tveksam och undrar om förstärkningen verkligen håller för de tunga stenarna. Men Blomman är säker på att allting kommer att fungera till allas belåtenhet.

När våren kommer och Krokån är isfri prövar man den nya anläggningen. Först startar man med att få båda kvarnstenarna att rotera, vilket fungerar på ett acceptabelt sätt enligt Blomman. Jätten bär upp några spannmålssäckar, som står kvar sedan föregående år, till det övre planet och Blomman matar i på båda ställena. På grund av oväsen från malningen hör han inte att Jätten, som skyndar sig ned till det undre planet, fastnar i trappräcket och faller omkull med ett brak i trappan som går sönder. Mehla, som ser det hela, försöker ropa till Blomman men han hör inte utan fortsätter malningen. Hon springer fram till Jätten som stönar och säger att han nog har brutit benet. Nu blir Mehla förtvivlad och tar en järnstör som står vid ena väggen och börjar banka på ett av rören från det övre planet för att göra Blomman uppmärksam så att han stänger av malningen. Det skulle hon inte ha gjort eftersom röret går av på mitten och mjöl sprids över hela det nedre planet. Mehla får det mesta över sig och ser ganska snart ut som ett vitt spöke. Hon ber Jätten att skrika åt Blomman så att han slutar mala.

Till slut uppfattar Blomman ropande ljud nerifrån och stannar de roterande kvarnstenarna. När han tittar ned i trappan ser han två helvita figurer, en som viftar med armarna och en som ligger i den nedre delen av trappan. Han uppfattar att Mehla säger att Jätten har brutit ett ben. Han blir förtvivlad och ber henne att genast springa bort till gårdscentrum och kalla på Vidar. Hon gör som hon blivit tillsagd och på vägen dit observeras hon av några gårdsarbetare som tror att de ser ett levande spöke mitt på dagen och vänder på klacken och springer bort mot byn. Framme vid gårdscentrum knackar hon på alla dörrar och ut kommer skogsförvaltningens chef Mitt Jägermeister och skogvaktaren Kottfrid Grangren. Båda stirrar häpet på den vita figuren som önskar tala med Vidar. Kottfrid tror för ett ögonblick att Vidar hemsöks av ett spöke men sansar sig och säger att Vidar har gått ett ärende till växthusen.

Mehla rusar då vidare och framme i det stora växthuset ropar hon igen. Winnar som står där och instruerar några personer som just skall till att plantera några nya växter som anlänt från Brasilien hoppar till. När planterarna reser sig upp och ser den vita skepnaden skriker de och springer ut ur växthuset. Mehla förklarar vem hon är och säger att hon måste få fatt i Vidar med det snaraste. Winnar ropar in mot de bortre planteringarna och strax dyker Vidar upp och undrar vad som står på. Hon berättar då vad som hänt och de båda herrarna springer med henne till kvarnen. Vid framkomsten ser de hela bedrövelsen och mitt i alltihop ligger Jätten och kvider. Winnar rusar tillbaka till gårdscentrum och ber stallpersonalen om hjälp.

”Sela en häst, nej förresten, två hästar ”, säger han.

”Spänn dem framför en flakvagn och bege er till kvarnen snarast”, säger Winnar sedan med bestämd röst.

Alla hjälps åt att baxa upp Jätten på flaket och Winnar tar tömmarna och manar på hästarna till galopp i riktning mot sjukstugan som ligger en bit utanför egendomen.

Inne i kvarnen går Vidar och Blomman runt och betraktar skadorna. De kommer fram till att den trasiga trappan är lätt att laga, likaså det sönderslagna röret. Men det är värre om Jätten är så pass skadad att han inte kan utföra sitt arbete i kvarnen.

Med hjälp av några arrendatorer lagas trappan och smeden gör ett nytt rör. Man sopar bort så mycket mjöl som möjligt så att verksamheten kan påbörjas igen. Från sjukstugan har man hört att Jätten transporterats till sjukhuset i staden och där opererats för benbrott. När arrendatorerna får höra detta erbjuder de sig att hjälpa till med spannmålssäckarna i kvarnen så att de inte förlorar så mycket tid. Men de ger snart upp då de inte klarar att lyfta upp säckarna för trappan. En av dem säger att han har ett lyftsystem på arrendegården som skulle kunna installeras i kvarnen. Med hjälp av block och talja kan en man med lätthet lyfta upp säckarna. Dock måste man såga hål i det övre kvarngolvet för att installera anordningen. Blomman är lite tveksam till förslaget då hålet hamnar för långt ifrån kvarnstenarna, vilket innebär att säckarna måste dras för hand en längre sträcka och sedan lyftas. Detta är tidsödande och tar på krafterna säger han.

Vidar säger att han skall kontakta Lager Blad i storstaden och be om förslag till lösning av problemet. Efter några dagar får de kontakt med varandra och Lager Blad lovar att besöka kvarnen nästkommande vecka. När han dyker upp går han runt inne i och utanför kvarnen. Han vill fundera ett tag och Vidar bjuder hem honom till sig. De resonerar om det ena och det andra och plötsligt säger Lager Blad:

”Jag tror att jag kommit på en lösning. Får jag låna papper och en penna så skall jag skissa min plan”.

Han får det han begärt och börjar rita dels en kvarn från insidan och dels en från utsidan. Sedan klipper han pappret mellan de två skisserna och sammanfogar dem på lite olika sätt.

”Jo, så här kan man göra”, säger han mumlande.

”Jag tycker att idén med block och talja är bra men skulle vilja använda det på ett lite annorlunda sätt”, fortsätter han.

Skissen antyder en anordning som transporterar spannmålssäckarna från utsidan av kvarnen ända fram till platsen där kvarnstenarna matas, utan att man behöver ta hål i golvet eller göra tunga lyft. Systemet består av en sorts linbana som börjar ungefär tre meter utanför kvarnväggen, löper i en genomföring i väggen och slutar strax intill kvarnstenarna. Principen går ut på att en spannmålssäck hängs i en krok på linbanan och transporteras genom hålet i väggen till det övre planet i kvarnen. Där finns en tvärslå av trä som när den lyfts framför en säck, hakar av säcken som sedan blir stående precis framför matningen. Linbanan drivs av kraft från skovelhjulet och kan stoppas eller startas med en grov metallstång som styr en remskiva. På skissen finns också en utbyggnad, som är försedd med tak, på ena sidan av kvarnen där häst och vagn kan köra in för att lossa sin last direkt till linbanan och sedan köra ut igen. På ytterligare en skiss har Lager Blad ritat en travers i taket på utbyggnaden som tillåter avlastning av säckarna från hästvagnen till en lagringsplats vid sidan om.

När Vidar insett snillrikheten i förslaget sträcker han fram en hand för att gratulera till en brilliant idé. Han blir så exalterad att han erbjuder Lager Blad med fru fri vistelse och fria måltider på härbärget under deras kommande besök. Nu återstår bara att övertala arrendatorerna och inte minst Blomman att sätta igång med genomförandet av tillbyggnaden. Samtliga berörda kallas till information på gårdscentrum där hela anordningen presenteras och man har möjlighet att få sina frågor besvarade av Lager Blad.

Efter ett antal veckor är bygget färdigt och det är dags att provköra nyheten. Man har kallat in de arrendatorer som är intresserade och Vidar inviger med att häkta fast en säck på linbanan. Blomman står inne vid kvarnhjulen och startar anordningen. Han kan gå till hålet i väggen och kommunicera med den som lastar och har då full kontroll på hanteringen. Den första säcken börjar röra sig mot vägghålet, försvinner in och linbanan stoppas. Blomman ropar ut att det hela tycks fungera på det sätt som var tänkt. En av arrendatorerna tycker att avlastningen tar för lång tid. Det var bättre förr då man med hjälp av Jätten kunde lasta av hela vagnen på en gång. Då hör man ett muller bakifrån och alla vänder sig om. Där står Jätten med ena benet i paket och stöder sig på ett par kryckor. Han viftar med den ena kryckan och säger att hans tid som säcklyftare vid kvarnen är förbi men om det finns enklare sysslor så skulle han vara intresserad.

Så kommer malningen igång igen och de flesta tycks vara nöjda. Men inte Mehla. Hon orkar inte hantera mjölsäckarna, trots att hon kan köra dem på den mobila plattan. Arrendatorerna kommer då överens om att turas om att vara henne behjälplig och man har löst det problemet.

Sommaren kommer med sol och värme. Efter den våta våren så frodas all grönska och blomningen är i full gång. En dag dyker Lager Blad och Viola upp på gårdscentrum, kontaktar Vidar och påminner om löftet att bo och äta gratis på härbärget. De gör sällskap till härbärget och Vidar ordnar med inackorderingen. Redan första dagen tar Viola kontakt med Winnar för att bli guidad i växthusregionen. Hon får berättat för sig om alla nya växter som importerats från Sydamerika. Man har redan börjat experimentera med dem för att finna nya intressanta smaker och dofter. Under visningen har Viola många synpunkter på skötseln av de nya växterna och ger tips om vad man skall göra för att de skall trivas och föröka sig.

Kvarnen får besök av Lager Blad som synar det nya sättet att transportera spannmålssäckar. Blomman uttrycker stor tacksamhet och säger att efter intrimning fungerar det förvånansvärt bra. Till och med skeptikerna har accepterat anordningen och man har kommit upp i full kapacitet utan hjälp av Jätten.

De båda semesterfirarna tittar också in i slottet och hälsar på greve Diedrik som sitter i en skinnfåtölj vid sängen. Han blir rörd av besöket och tårarna rinner nedför kinderna. De berättar för honom om idéerna med säckhanteringen och den extra kvarnstenen. Viola säger att hon håller ett vakande öga på aktiviteterna i växthusen. Med darrig röst säger greve Diedrik att han är djupt tacksam för deras engagemang och att han hoppas att Esmeralda uppskattar vad de gör. Han gör en gest med handen som antyder att de skall lämna honom.

På väg ut träffar de på Esmeralda som känner igen dem och undrar vad de har för ärende på slottet. De berättar då om besöket hos greve Diedrik varvid Esmeralda stirrar på dem och säger att han inte får störas. Numer är det hon och greve Balthasar som ansvarar för vad som skall göras på Skalleholms egendom och att man alltid skall vända sig direkt till henne om man har synpunkter på egendomens drift. Hon har hört från lantbruksförvaltningen att Lager Blad haft synpunkter på hur egendomens kvarn skulle förändras. I fortsättningen vill hon att man kontaktar henne först innan man för diskussioner med anställda på egendomen. De båda lyssnar, ber om ursäkt och lovar att de inte kommer att ge flera råd i framtiden. Med arrogant min frågar Lager Blad om de får tillstånd att bo på härbärget under sin semestervecka. Esmeralda sätter näsan i vädret och säger:

"Beviljas under förutsättning att ni sedan lämnar egendomen".

Därefter vänder hon på klacken och lämnar rummet. De båda tittar på varandra och skyndar ut ur slottet. På vägen hem till härbärget samspråkar de om Esmeraldas barska attityd och konstaterar att hon är bra lik sin far.

LÄNSMAN PÅ BESÖK.

Det är tidig morgon. Hösten har kommit och det känns gråkallt i luften och mörka skyar täcker himlen. Över Skalleholm råder lugnet och man ser några få arbetare lunka mot gårdscentrum. Inne i slottet sover alla utom kokerskan Matilda som börjar dagens stök i köket och förbereder frukost för greve Diedrik och friherrinnan som alltid är morgonpigga. En från lukt kan kännas i hela köket. Husfrun väcker pigorna som klär sig och börjar dagen med frukost vid personalens matbord i köket. Alla klagar på att det luktar konstigt. Fru Tossa tycker också att det känns ovanligt kallt i köket och får svaret att det är kallt ute och man har alldeles nyss satt eld i spisen. Efter personalfrukosten delar fru Tossa ut order till pigorna och de går till sina arbetsplatser för dagen. Lite senare dyker mister Jones upp i köket och förser sig med frukost. När han sitter där och äter sin morgongröt ser han att ett av fönstren står lite öppet. Han ropar på Matilda som blir förvånad och stänger det.

"Konstigt", tycker hon, "jag brukar aldrig öppna det fönstret".

Senare på dagen kontaktar fru Tossa mister Jones för att höra efter om det är han som har flyttat på saker i biblioteket. Med en stirrande blick förklarar han för husfrun att han överhuvudtaget inte varit i biblioteket den senaste tiden. Han säger att han är trött på alla anklagelser och överväger att flytta därifrån. En diskussion uppstår och fru Tossa försöker tona det hela och antyder att hon inte anklagat honom för något allvarligt och det var flera veckor sedan hon pratade med honom. Tigande lämnar han slottet. Friherrinnan, som råkat höra delar av konversationen, kallar till sig husfrun och vill ha besked om vad saken gäller. Gemensamt beger de sig till biblioteket och fru Tossa visar på flera föremål som nyligen blivit flyttade. När de går runt i salen stannar plötsligt husfrun och vänder sig mot friherrinnan:

"Var är de stora ljusstakarna som brukar stå på spishyllan", säger hon med en frågande min.

De inspekterar vidare och stannar igen och friherrinnan konstaterar att småtavlorna på ena kortväggen har bytt plats. Sedan uppmärksammar de att det saknas böcker i en bokhylla innanför en glasdörr på ena långsidan. Friherrinnan undrar om fru Tossa är säker på sin sak och får till svar att hon gör kontroller i biblioteket minst en gång om dagen sedan en tid tillbaka. Hon erinrar sig att greve Diedrik klagat på att det försvunnit saker från hans skrivbord, vilket skulle kunna bero på hans tilltagande glömska och har därför inte vållat någon större uppmärksamhet.

När de lämnar biblioteket får husfrun i uppgift att ta reda på
vad som händer på slottet. Hon suckar och ångrar att hon
varit så brysk mot mister Jones. Han skulle verkligen behövas
nu. Pigorna kallas till förhör i biblioteket. Fru Tossa redogör
för sina observationer och frågar om någon av dem känner sig
skyldig. Alla ruskar på huvudet och Damma säger att hon inte
varit i lokalen på flera dagar. När hon var där senast tror hon
att allt sett ut som det alltid gjort.

Ytterligare några dagar går och Matilda hör sig för om någon
sett silverbesticken som legat i en låda i ett av vitrinskåpen i
kökspassagen. Ingen av personalen säger sig veta något. Fru
Tossa tycker att det börjar bli underligt att så många föremål
bara försvunnit. Greve Diedrik och friherrinnan säger sig inte
veta något utan hänvisar till Esmeralda. Hon och Balthasar
bor visserligen i en av slottsflyglarna men har ansvar för allt
som rör slottet. Fru Tossa söker upp Esmeralda och berättar
om de mystiska försvinnandena och undrar vad som skall
göras. Efter en lång paus säger Esmeralda att det nog bara är
tillfälligheter och saken får bero tills vidare. Nu börjar husfrun
ana oråd och funderar på om Esmeralda är skyldig till
stölderna men hon vågar inte fråga om det. Istället går hon till
Matilda och antyder sina funderingar. De diskuterar en stund
och man kommer fram till att höra med mister Jones hur han
ser på det inträffade. Han har låst in sig i sin lägenhet i
slottsflygen och när de ropar på honom hör de en röst inifrån:

"Vad har jag gjort nu"?

”Förhoppningsvis ingenting”, svarar fru Tossa, ”vi undrar bara om han känner till alla stölder som noterats på sistone i slottet”.

”Nej, jag har inte tagit någonting”, svarar mister Jones, ” ni får höra med någon annan”.

”Varför öppnar ni inte dörren så vi kan prata med er”, undrar Matilda.

Efter en stund öppnar mister Jones dörren och kliver ut. Han är noga med att stänga den efter sig.

”Får vi komma in och se om ni döljer något för oss”, frågar fru Tossa.

”Jag har inget att dölja förutom att jag inte har städat på ett tag”, svarar mister Jones.

”Men håller ni inte med om att det är underligt med alla föremål som saknas”.

”Jo, det är märkligt. Har ni pratat med greveparet”, undrar mister Jones.

”Jadå och även grevinnan Esmeralda”, säger fru Tossa. ”Vi tycker att det är underligt att hon inte vill att vi utreder det hela”, säger husfrun.

”Jag vill att ni visar mig vad som saknas”, säger mister Jones med glimten i ögat.

"Nej, det kan vi inte, men, vi kan visa var någonstans det
saknas föremål", säger fru Tossa.

"Nåväl, vi går in i slottet och ni får tala om vad som saknas",
avslutar mister Jones och börjar gå mot slottsdörren.

Alla tre går runt i slottsbyggnaden och fru Tossa och Matilda
pekar och berättar. Mister Jones tycker att det är underligt
och föreslår att man kontaktar länsman. Men innan man gör
det måste Esmeralda vidtalas och det komplicerar det hela.
Mister Jones föreslår då att man kan bjuda greve Balthasar på
en "drink" så att han ger sitt godkännande till att länsman
tillkallas. Damerna tycker att idén är värd att pröva.

När det börjar mörkna på kvällen knackar mister Jones på
dörren till flygeln där det unga greveparet bor. Balthasar
öppnar och undrar vad som står på.

"Det är något som jag skulle vilja be om", säger mister
Jones, "men jag kan inte tala om det här ute utan önskar att
greven skulle vara så vänlig och följa med in i slottet".

Båda följs åt in i slottet och beger sig till biblioteket. Mister
Jones bjuder Balthasar på en spetsad "drink" och berättar om
underligheterna i slottet. Balthasar ber om påfyllning och
efter tre glas föreslår han att man kallar på polisen. Han får
förklarat för sig att här ute på "landet" är det länsman som
sköter sådana saker. Han ger då sitt tillstånd att kontakta
länsman och tillägger att Esmeralda inte behöver besväras för
en sådan bagatell.

Tidigt en morgon knackar länsman P.O.I. Roth på slottsporten. Mister Jones öppnar och de beger sig till biblioteket där han blir informerad om märkligheterna på slottet. Tillsammans med fru Tossa går de runt och inspekterar. Sedan slår de sig ned i slottsköket och alla är nyfikna på hur länsman ser på det hela. Han föreslår att man kontaktar greve Diedrik och friherrinnan och kanske även Esmeralda eftersom det är hon som är den ansvariga på slottet.

"De är redan kontaktade och vet ingenting. Grevinnan Esmeralda har bagatelliserat det och tycks inte vara intresserad av att man reder ut stölderna", säger fru Tossa.

"Märkligt", säger länsman, "utan deras tillstånd kan jag ingenting göra".

Besöket avslutas och länsman lämnar Skalleholm.

Men husfrun ger sig inte. Åter kallar hon till rådslag, denna gång i köket. De går igenom vad som saknas och plötsligt säger mister Jones:

"När jag sitter här kommer jag att tänka på att på morgonen, innan jag meddelats om stölderna, hade jag sett att ett köksfönster stod öppet".

"Det stämmer", säger Matilda. "Det där fönstret stod på glänt", säger hon och pekar mot fönstret.

"Men varför har Ni inte sagt detta till mig", undrar fru Tossa.

"Jag tänkte inte på det", mumlar mister Jones.

"Det förklarar det hela", tycker husfrun. "Någon har smitit in genom fönstret och stulit värdeföremålen", fortsätter hon.

Alla de närvarande nickar mot varandra och tror sig ha kommit på var tjuven tagit sig in i slottet.

"Då undrar jag hur tjuven har kunnat öppna fönstret utifrån", säger mister Jones, reser sig och går för att syna fönstret. Han vänder sig sedan mot de övriga och med uppgiven min säger han att det inte syns några märken som tyder på att fönstret skulle ha brutits upp. Han frågar sedan Matilda om det trots allt inte är hon som har öppnat det.

"Näe, det kan jag lova på heder och samvete att jag inte har", säger Matilda med barsk röst.

"Hur som helst, vi måste tala med Esmeralda igen och åter kontakta länsman", säger mister Jones. De reser sig från bordet i köket och mister Jones går direkt till flygeln där Esmeralda bor. Efter ett antal knackningar öppnar Esmeralda dörren och undrar vad som står på. Hon får berättat för sig vad man diskuterat i köket och mister Jones tycker att man borde kontakta länsman igen.

"Han har ju nyss varit här", säger Esmeralda med hög röst. "Jag tycker att ni skall lugna er och avvakta", fortsätter hon.

Lite fundersamt går mister Jones tillbaka till slottet och berättar för fru Tossa vad Esmeralda sagt. Båda tycker att det är märkligt att hon inte bryr sig om stölderna. Återigen säger fru Tossa att det är säkert Esmeralda som står bakom stölderna.

"Vad gör vi", undrar mister Jones.

"Eftersom greve Balthasar tillstyrkt att kalla på länsman så kan vi hänvisa till honom om grevinnan Esmeralda sedan har synpunkter", fortsätter han.

"Absolut", säger fru Tossa. "Detta måste redas ut innan någon av personalen blir anklagad för stöld".

Påföljande dag kontaktar fru Tossa länsman, som tveksamt säger att han får väl besöka slottet än en gång. Några ytterligare dagar går innan länsman dyker upp på Skalleholm. Mister Jones öppnar slottsporten varvid länsman förklarar att han har kallats till slottet. Han blir anvisad till köket och man visar fönstret som stått på glänt i samband med att stölderna uppmärksammades. Länsman drar lite i skägget och säger:

"Det var ju intressant, men det syns inga brytmärken på fönstrets utsida. Jag håller med er att det är underligt att så dyrbara föremål saknas utan att personalen på slottet anser sig skyldiga. Vi borde nog ta upp en diskussion med grevinnan Esmeralda", säger länsman.

"Nja", säger mister Jones, "hon är inte intresserad av att lösa mysteriet. Men hennes make, greve Balthasar, har gett oss tillstånd att kontakta länsman".

”Nåväl, när jag nu är här vill jag att ni samlar all personal här i köket till att börja med”, säger länsman med myndig röst.

När alla är församlade börjar länsman att förhöra dem om var de varit den dagen då stölderna upptäcktes. När det blir Matildas tur blir hon utfrågad om det öppna fönstret. Hon nekar till att ha öppnat det men blir plötsligt röd i ansiktet.

”Varför rodnar Matilda”, frågar länsman.

”Det är en sak som jag måste tillstå”, säger Matilda med låg röst, ”Den aktuella kvällen hade jag fått ledigt av grevinnan Esmeralda för att besöka min syster som bor på en av arrendegårdarna”.

”Ser man på”, säger länsman med barsk stämma, ”och när kom ni hem igen”.

”Strax efter midnatt. Jag gick då in genom dörren på slottets gavel som är alldeles bredvid min bostad. Jag passerade aldrig köket”.

När alla närvarande utfrågats tycker länsman att han inte fått så mycket hjälp som han önskat.

”Jag anser att vi inte kommer någon vart”, säger han och reser sig.

Stående förklarar han att man är tvungen att vidtala grevinnan Esmeralda. Han ber fru Tossa att följa med honom till Esmeraldas bostad. De knackar på dörren och Balthasar släpper in dem och visar dem till vardagsrummet. Efter en stund dyker Esmeralda upp och undrar vad skälet är för deras besök. Länsman förklarar att han informerats om att brott uppmärksammats av personalen på slottet.

"Jag kräver att vi försöker lösa det hela så att inte någon av slottspersonalen känner sig oskyldigt anklagad", säger länsman med bullrande röst.

Under hela samtalet sitter fru Tossa och vrider på huvudet åt olika håll och ser om hon kan få en skymt av de försvunna ljusstakarna. Hon blir iakttagen av Esmeralda som då reser sig.

"Tror ni verkligen att jag stulit saker på slottet", säger Esmeralda med hög röst och stirrar på husfrun.

"Nu får vi ta det lilla lugna", säger länsman och lyfter handen. "Ingen har anklagat grevinnan för något. Jag känner mig nödsakad att reda ut vem som stulit föremål från slottet. Det borde även ligga i grevinnans intresse att vi kan lösa problemet".

"Eftersom det inte är mina tillhörigheter tycker jag att ni skall vända er till ägaren av föremålen", fortsätter Esmeralda. "Det finns säkert någon anledning till att föremålen saknas. Jag tvivlar dock på att någon tjuv har tagit sig in i slottet och valt ut just dessa saker".

"Men om det inte är en tjuv, vem kan då tänkas ha intresse av att stjäla eller gömma undan ljusstakarna och besticken", undrar länsman och vänder sig mot Esmeralda.

”Jag tycker att ni skall prata med greve Diedrik och friherrinnan”, säger Esmeralda och tittar ut genom fönstret.

Då man inte tycks komma någon vart lämnar länsman och fru Tossa slottsflygeln och beger sig åter till slottet. Husfrun åtar sig att kontakta friherrinnan för att be henne träffa länsman i slottets bibliotek. Efter en stund dyker hon upp och när hon tillfrågas om hon vet något om de stulna föremålen viftar hon med handen och säger att hon inte orkar diskutera saken utan hänvisar till Esmeralda eller Winnar. Nu tycker fru Tossa att det hela börjar bli komplicerat och hjälper friherrinnan att återgå till sin privata bostad på slottet. Tankarna börjar snurra i huvudet på länsman. Vad vet Winnar om de stulna föremålen? Han hade ju besöksförbud på slottet. Det verkar hur långsökt som helst. Men när han nu ändå var på Skalleholm så kunde han kontakta Winnar och höra om han vet något.

När länsman kommer till växthuslaboratoriet ser han att Winnar håller på med någon form av experiment. Han lägger märke till några låga granplantor som har illröda barr. Han pekar på träden och undrar vad det är. Winnar förklarar då att han lyckats extrahera ett ämne ur röda rhododendronblommor, *rhodofyll*. Genom att blanda ut det i vatten som tillförs små granskott har han sett att det gröna klorofyllet i granbarren byts ut mot rhodofyll och barren blir intensivt röda.

”Jag har för avsikt att starta en annorlunda julgransodling
där granarna har röda i stället för gröna barr, säger Winnar,
”jag tycker att den färgen passar bättre på ett julträd”.

Länsman bara ruskar på huvudet och säger att han faktiskt
har ett ärende.

”Känner ni till något om stölder på slottet”, undrar länsman.

”Nej, jag får inte så mycket information om vad som händer
i det stora huset numer”, svarar Winnar.

”Jag har talat med slottspersonalen och de känner sig
oroliga för att bli oskyldigt anklagade för stöld”, säger
länsman.

”Grevinnan Esmeralda och det äldre greveparet tycks inte
vilja befatta sig med problemet och stämningen på slottet är
mycket dålig”, fortsätter han.

”Det låter ju inte så bra”, säger Winnar medan han vattnar
på sina granplantor.

”Vad vill Ni att jag skall göra”, fortsätter han.

”Jag skulle vilja ber Er, som är en ordningens man, att hjälpa
mig att utreda problemet”, fortsätter länsman.

”Ni vet väl att jag är portförbjuden på slottet”, säger Winnar
och sätter sig vid laboratoriebänken, ”men det är inte rätt att
personalen skall anklagas för något som de inte gjort”.

"Skall jag tolka detta som om Ni vet att de är oskyldiga",
undrar länsman och spänner blicken på Winnar.

"Nja, det beror på vad länsman menar med stöld, jag kan
inte tänka mig att personalen skulle stjäla från sin
arbetsplats".

"Men det går inte att komma ifrån att det saknas dyrbara
föremål på slottet".

"Att det av och till saknas specifika föremål på slottet är inte
ovanligt. De brukar komma tillbaka efter ett tag", säger
Winnar.

"Vad menar Ni med det", undrar länsman.

"Tala om för mig vad som saknas på slottet. Kanske kan jag
hjälpa Er att lösa problemet".

Länsman berättar då vad han hört av slottspersonalen och att
Esmeralda inte velat hjälpa till att lösa problemet. Personalen
tror att Esmeralda är den skyldige tjuven. Han blev hänvisad
till friherrinnan som ville att Winnar skulle kontaktas.

"Vad gäller böckerna i biblioteket, så har jag lånat dem för
ett bra tag sedan. De var uppslagsböcker inom botanik. Jag
letade efter en växt som skulle innehålla *argentol*", säger
Winnar.

"Vad är det för något", undrar länsman.

”Jo, det är ett ämne som reagerar med silver och förhindrar att det blir belagt med svart silveroxid när det är i kontakt med luften”, förklarar Winnar.

”Jaha, vad är det för bra med det då”.

”Det förhindrar silver att mörkna och gör så att försilvrade föremål inte behöver putsas”, säger Winnar med övertygelse.

Länsman drar i sitt kraftiga skägg och ser pillimarisk ut. Han blir tyst och eftertänksam en stund och säger till slut:

”Det kan kanske förklara en del. Ni har förmodligen lånat silverföremålen på slottet för att testa den nya produkten”, säger länsman med frågande min.

”Det stämmer till viss del”, svarar Winnar.

”Jag kontaktade Esmeralda och förklarade min idé för henne och hon accepterade att jag gjorde ett test på något av slottets silverföremål. Hon bad mig vara diskret så att ingen på slottet skulle märka något. Jag valde ut silverbesticken i skåpet intill köket eftersom jag inte trodde att de skulle användas inom den närmaste tiden. Sedan tänkte jag välja ut något bruksföremål som sällan putsades och kom då att tänka på de två stora silverljusstakarna som pryder spishyllan i biblioteket”.

”Varför har Ni inte lämnat tillbaka föremålen”, undrar länsman.

"Det var så här", säger Winnar och tittar ned i golvet, "sent en kväll tog jag med mig föremålen till slottsköket där jag hade för avsikt att behandla dem med det nya medlet. Då jag applicerade det ville det inte fästa på silvret, varför jag eldade lite i spisen för att värma upp föremålen med förhoppningen att medlet skulle fastna. När medlet värmdes upp började det avge en frän doft, vilket gjorde att jag öppnade ett fönster för att vädra ut stanken".

"Jag tycker mig fått en nöjaktig förklaring på vad som försigkommet på slottet men undrar dock varför inte föremålen placerats tillbaka till sina platser", undrar länsman.

"Jo, det beror på ett litet missöde", säger Winnar och tittar upp på länsman.

"Vad menar Ni".

"När jag upphettade föremålen som var behandlade med *argentol* så blev de skinande blanka och jag var övertygad om att jag lyckats. Men, innan jag placerade tillbaka dem så lät jag dem kallna på bordet i köket. Under tiden återvände jag till mitt laboratorium för att göra lite anteckningar om experimentet. Efter någon timme återvände jag till slottsköket för att ställa tillbaka silverföremålen. Gissa om jag blev snopen när jag tittade på dem och fann att alla hade en tjock, blåsvart beläggning. Den gick inte att skölja bort med vatten utan verkade vara permanent. Jag samlade ihop silversakerna i en stor kökshandduk och tog med dem till laboratoriet för att på något sätt återställa silverlystern", säger Winnar som går till ett skåp och plockar ut föremålen och visar dem för länsman.

"Då förstår jag det hela. Sedan glömde Ni att stänga köksfönstret", säger länsman.

"Min plan var att slipa silverföremålen men har jag inte hunnit göra allt klart ännu som länsman kan se", påpekar Winnar.

Länsman betraktar de framlagda silverföremålen och ser att en del är blåsvarta och andra är silvervita.

"Jag ser det som ett intressant experiment men kanske inte så lyckat. Om några dagar räknar jag med att alla silverföremål skall vara skinande vita igen och då placeras tillbaka", säger Winnar.

Länsman nickar, drar i skägget och säger:

"Jag får gå tillbaka till slottet och försöka förklara för slottspersonalen att inget är stulet utan endast tillfälligt lånat av Er".

Med lätta steg beger sig länsman till slottet och kallar slottspersonalen till köket. De blir informerade om den tillfälliga utlåningen. Han säger ingenting om Winnars experiment utan konstaterar bara att mysteriet är löst. Alla lyssnar och när han har pratat färdigt undrar Matilda varför det luktat så konstigt i köket och varför var fönstret öppet.

Länsman skruvar på sig och efter en stund säger han att de får
fråga Winnar om det.

SKALLEHOLMSDAGEN.

Den 26:e juli infaller Skalleholmsdagen. Detta är ett speciellt datum i Skalleättens äldre historia. I en släktbok kan man finna att datumet återkommer vid många tillfällen. Mest noterbart är den dag då den förste av släkten Skalle blev adlad av dåvarande kungen, men även flera födslar och dödsfall inom släkten har inträffat just detta datum. Sedan lång tid tillbaka har man velat fira adelskapet en gång per år och tycker då att den 26:e juli är en lämplig dag.

Även denna sommar har man tänkt fira Skalleholmsdagen. Sedvanliga förberedelser på slottet och dess närmaste omgivningar startade redan en månad före den stora dagen. Det har varit sed att vissa delar av slottet är öppna för allmänheten under några timmar mitt på dagen. På kvällen är det stor galamiddag i riddarsalen för släktingar och ett antal speciellt inbjudna gäster.

I år är Esmeralda och Balthasar värdar och ansvariga för alla tilldragelser på slottet. Även övriga delar av egendomen

berörs av firandet och var och en av förvaltarna är ansvariga
för sitt gebit.

Winnar, i egenskap av chef för trädgårdsförvaltningen, har
låtit snygga till i de stora växthusen och placerat ut
beskrivningar på de flesta växterna. Lokaliteterna hålls öppna
för allmänheten under dagen och en snitslad bana skall guida
gästerna runt. När de lämnar växthusen delar man ut en lapp
med frågor som skall besvaras av besökarna. Under hela
dagen kan de avge sina svar muntligt till trädgårdsmästaren
Pigge Fikonkvist som också noterar antalet riktiga svar och
namnet på uppgiftslämnaren. Den som har rätt svar på
samtliga frågor kommer att belönas med en stickling från
någon av de främmande växterna som visats. Under alla
tidigare gånger som man haft denna frågesport är det endast
en person som haft alla rätt. Kanske beror det på att
svårighetsgraden varit hög på grund av ett antal kuggfrågor.

Även gårdscentrum är tillgängligt för allmänheten. Vidar
Åkerfeldt som är chef för lantbruksförvaltningen har ordnat
med guider som går en runda med c:a 10 personer i varje
grupp. Man får då besöka bland annat ladugården,
viltslakteriet och häststallarna. Vid vagnsparken berättar
kusken Ivar historier om de olika vagnarna. Han briljerar med
stora kunskaper från historisk tid och tar god tid på sig. Ett
antal tillsägelser från Vidar att runda av berättandet ignorerar
han och bara fortsätter prata. Åtgärderna hjälper inte och
guiderna ombeds att börja gå till nästa guidningsstation med
sin grupp. Då intresset för gårdscentrum är stort kommer
många grupper att guidas runt. En av guiderna, som går runt

med sin femte grupp för dagen, noterar att Ivar uppger helt olika uppgifter varje gång han berättar om den stora glasvagnen. När han påtalar detta för Vidar så skrattar denne bara och menar att Ivar är sådan.

På Skalleholms vävstuga har föreståndarinnan Bita Knuth ordnat en utställning som visar olika typer av vävnader som kan produceras där. Hon erbjuder också nedsatt pris på linnehanddukar med invävd luktessens från växten *friscus*. Man ges även möjlighet att titta på när en av väverskorna sitter vid vävstolen och arbetar fram en mönstrad matta.

Såväl souvernirboden som mejeriet lockar många besökare. I souvernirboden sitter skogvaktaren Kottfrid Grangren och snidar i trä och berättar om olika träslag som är lämpliga för detta hantverk.

I mejeriet saluförs en blåmögelost, Skalleholms blå, som kryddats med ett speciellt smakämne från afrocia. Man erbjuder ett smakprov som gör att besökaren måste smaka mera och därför inte kan motstå ett flertal inköp. Här kan man också få lära sig om hur osttillverkningen går till.

En vecka före den stora dagen kommer gästerna till slottet. Förutom Balthasars tyska släktingar kommer greve Knut Skalle och hans gemål, grevinnan Catharina samt många av hennes släktingar. Greve Baldwin med familj har inviterats men tackat nej på grund av sjukdom. Några av greve Diedriks adelsbröder i Svealand med fruar finns med på inbjudningslistan. De blir hänvisade till gästvåningens övernattningsrum på slottet. Av övriga långväga gäster kan nämnas ett antal jaktdeltagare från Tyskland som inhyses i härbärget utanför byn. Samtliga förvaltare är inviterade till den stora slottsmåltiden. Hit räknas också Winnar som blir inbjuden, dock utan gemål.

Före måltiden passar många av gästerna på att besöka de olika publika attraktionerna på egendomen. För att underlätta för de tyska gästerna följer Balthasar med som översättare. När de kommer till växthusen tycker Balthasar att han vet väldigt mycket om odlingarna och för att synas och höras bättre kliver han upp och balanserar på en av odlingsbänkarna. Efter en stund känner han något vått på smalbenen. Han böjer sig ned och konstaterar att han råkat aktivera bevattningsanordningen. Strax sätter hela sprinklersystemet igång och samtliga besökare blir genomvåta och flyr ut ur växthuset. Han ropar på personalen och ber dem stänga av bevattningen. Han funderar på hur han skall ta sig ned från odlingsbänken, tar ett kliv, trampar snett, tappar balansen och faller omkull. Liggande på växterna börjar han skrika av full kraft tills han tappar medvetandet.

Efter en stund stängs bevattningen av och Winnar rusar in för att försöka hjälpa Balthasar. När han ser den livlöse mannen beordrar han några av trädgårdsarbetarna att försiktigt bära honom till sjukrummet bredvid växtlaboratoriet. Winnar har sett att Balthasar råkat ramla tvärs över en odling av sydamerikanska kaktusar. Trädgårdsmästaren Pigge Fikonkvist, som är lite av en expert på kaktusar, säger att ett enda stick av en kaktustagg är tillräckligt för att man skall mista livet. Man klär av Balthasar och konstaterar att minst ett tjugotal stickmärken finns på hans kropp. Winnar lyssnar på andningen och känner efter pulsen. Han nickar sedan och säger att hjärtat fungerar ännu, men ingen andning kan registreras. Winnar sätter då igång att pumpa på Balthasars bröstkorg och ber Pigge att hämta en av de tyska gästerna som är läkare.

När läkaren dyker upp konstaterar han att hjärtat fungerar svagt men beordrar fortsatt pumpning på bröstkorgen för att få in luft i lungorna på patienten. Winnar kontaktar Esmeralda och berättar om olyckshändelsen. Hon beger sig skyndsamt till sjuklingen och börjar storgråta.

 ”Jag har ju sagt åt honom att inte gå i närheten av växthusen”, säger hon mellan snyftningarna och stirrar på Winnar.

 ”Jag hade ingen aning om att han skulle guida sina tyska vänner här”, säger Winnar.

 ”Men om Ni vill så kan jag injicera ett motgift på honom. Jag höll på att experimentera med det förra året och har en flaska med ett medel som kanske kan häva symptomen”, säger Winnar och ser Esmeralda i ögonen.

 ”I princip är jag motståndare till allt som har med hokus pokus att göra. Men i detta fall kan jag göra ett undantag”, säger Esmeralda.

"Jag kan inte lova någonting men jag tycker att det är värt ett försök", säger Winnar och beger sig till sitt laboratorium.

Strax är han tillbaka med en brun flaska samt en spruta och en kanyl. Efter att ha injicerat någon milliliter av medlet så står alla närvarande blick stilla och bara stirrar på Balthasar. Tiden går men inget händer och läget för Balthasar är oförändrat. Så, helt plötsligt ser man att Balthasar tar ett djupt andetag. Läkaren kontrollerar hjärtverksamheten kontinuerligt och säger att det börjar bli starkare hjärtljud samtidigt som andningen sakta kommer igång. Esmeralda insisterar på att förflytta Balthasar till sjukstugan i staden för fortsatt vård och får medhåll av Winnar. Han kontaktar Ivar och ber honom att snabbt göra iordning en vagn som kan transportera Balthasar till sjukstugan och det är viktigt att han transporteras liggande.

Ivar gör som han blivit tillsagd och den enda vagn som kan transportera en liggande person är katafalkvagnen. Han funderar ett tag och för att förhindra att Balthasar ramlar av så placeras en öppen tom träkista på katafalken. Den körs fram till växthusen och Balthasar flyttas över till kistan. Under tiden har det samlats mycket folk som blir åskådare till spektaklet och man hör ett sorl av tissel och tassel och man frågar vem som dött och som skall transporteras med likvagnen. Winnar försöker lugna ner folk och säger att det har skett en olyckshändelse i växthuset och den olycklige kommer att transporteras till sjukstugan i staden.

Esmeralda, som har hämtat sig från chocken, tackar Winnar för hjälpen och säger att hon hoppas av hela sin själ att Balthasar återfår medvetandet och blir sig lik igen. Hon antyder också att Winnar skall belönas om Balthasar vaknar till medvetande och överlever händelsen. När greve Diedrik får höra om olyckan och att Balthasar skall fraktas med likvagnen säger han att det inte är så konstigt. Många av Skalleättens anor har funnit döden den 26 juli.

Olyckan sätter sordin på festligheterna på slottet. Talen är få och middagen aväts under stor tystnad och sedan skiljs gästerna och var och en går till sitt rum. Även på gårdscentrum är stämningen till en början ganska dämpad men blir mer och mer uppsluppen ju senare det blir. Den sedvanliga logdansen för personalen var ett tag i farozonen, men Kottfrid, som lejt ett par spelmän från staden och pyntat och dekorerat på logen, uppmanar alla att fira Skalleholmsdagen med dans.

Några timmar efter det att logdansen börjat dyker Esmeralda upp. Hon ställer sig mitt på loggolvet under en paus och säger att nu är dansen slut. Hon motiverer beslutet med att Balthasar, som är värd för firandet, ligger inför döden. Kottfrid kliver då fram och frågar Esmeralda:

"Varför gör inte grevinnan sin man sällskap".

"Det var det fräckaste jag hört", säger Esmeralda och stirrar med sina stora ögon på Kottfrid.

"Missförstå mig rätt", säger Kottfrid, "jag menar att grevinnan kanske borde vara vid sin makes sida när han vaknar upp".

Esmeralda vänder på klacken och beger sig skyndsamt tillbaka till slottet.

Dagarna går och alla undrar hur det är fatt med Balthasar. Svaret blir att läget är oförändrat och att han är vid liv men fortfarande medvetslös. Alla gäster utom de närmaste släktingarna packar ihop och tar avsked för att lämna Skalleholm för denna gång.

Winnar gör ofta besök på sjukstugan för att kontrollera Balthasars tillstånd. Han är nyfiken på att se om hans motgift verkligen fungerar. I smyg har han vid ett tillfälle gett Balthasar ännu en injektion. Vid varje besök kontaktar han den ansvarige läkaren som säger att tillståndet för patienten är oförändrat och prognosen är mycket dålig. Winnar vågar inte berätta om sitt motgift då han tror att läkaren skulle kunna misstänka honom för kvacksalveri. Han är medveten om att sådant inte accepteras av vare sig läkare eller apotekare. Men han tycker det är lite besynnerligt då man på apoteken saluför örter och extrakt från växtriket för att ge symptomatisk lindring hos sjuka personer. När Winnar, vid ett tillfälle, tar upp diskussionen med läkaren får han till svar att de medel som tillverkas på apoteken är beprövade sedan urminnes tider och har hjälpt många patienter. Winnar undrar då om man gett Balthasar någon av dessa produkter.

"Om Balthasar hade varit vid medvetande skulle man ge honom ett antal olika medikamenter som skulle få honom att tillfriskna", säger läkaren med myndig röst.

Av ren nyfikenhet undrar Winnar vad det skulle vara för hälsomedel.

"Dels kan man ge honom dospulver av *lejonrot*, som är stärkande, dels extrakt från *ryska ekollon* som har en urindrivande effekt och gör så att alla gifter i kroppen avlägsnas", säger läkaren.

Pratstunden avslutas och Winnar mumlar något om kvalificerat kvacksalveri när han lämnar sjukstugan.

Några veckor senare får man besked om att Balthasar har vaknat till sans och beter sig besynnerligt och begär hjälp från Skalleholm. Winnar och Esmeralda beger sig till sjukstugan och möts av Balthasar som, iklädd en heltäckande röd- och vitrandig pyjamas, gestikulerar vilt och rabblar haranger på tyska. Han säger till Esmeralda att han kräver att bli hemskjutsad omgående. Efter påklädnad baxar man ut Balthasar till hästkärran för hemtransport. Vid samtal med läkaren framgår att patienten totalt vägrat äta de rekommenderade medikamenterna, gått bärsärkagång på sjukstugan och vält omkull sängar och bord. När Winnar får höra detta småler han och säger att Balthasar kan bli sådan om han känner sig frihetsberövad. Vid hemkomsten har han lugnat ner sig och Esmeralda tar honom i armen och de går in i sin bostad och stänger dörren med en smäll.

Efter ytterligare några veckor uppsöker Balthasar växthusen igen och kontaktar Winnar.

"Jag få be om ursäkt för mitt beteende på sjukstugan", sägen han och fortsätter:

"Esmeralda har berättat för mig om olyckan på Skalleholmsdagen och Ert rådliga ingripande".

"Det gläder mig att se Er tillbaka i verkligheten. Inte utan att jag känner mig lite stolt över att motgiftet fungerade", säger Winnar och småler.

Balthasar säger sedan att man diskuterat med Greve Diedrik och friherrinnan hur hans liv räddats av den speciella behandlingen med motgiftet. De har till och med lovat att välkomna Winnar och hans fru till slottet och önskar att Winnar återtar sitt adelskap.

"Det var ju intressant. Men jag och min familj har för avsikt att flytta från Skalleholm då jag erbjudits en forskartjänst i huvudstaden. Det är planerat att jag skall arbeta tillsammans med Viola Blom och vi kommer också att starta ett gemensamt företag", säger Winnar.

"Jaha, och vad är det för företag", undrar Balthasar.

"Jag kan inte avslöja några detaljer ännu men det är ett affärsdrivande företag som skall marknadsföra olika produkter som kommer från växtvärlden", fortsätter Winnar.

En dag sammankallar Winnar de övriga förvaltarna och
Kottfrid för information. Han berättar om sina och familjens
planer på att flytta från Skalleholm. När han hållit sitt
anförande blir det först alldeles tyst i rummet.

"Det kan inte vara sant", säger Vidar Åkerfeldt och ser
bekymrad ut. Han fortsätter:

"Men hur skall det gå för Skalleholm då. Om den som kan
allt och vet allt om egendomen försvinner så kommer allt att
bara rasa samman".

Nu lägger sig Kottfrid i samtalet:

"Det här betyder slutet för Skalleholm. Vem skall vi nu
anförtro oss åt och vem kan få hela apparaten att fungera.
Själv är jag snart pensionär och hade för avsikt att stanna
längre på Skalleholm. Men nu kommer även jag att söka mig
härifrån och fortsätta mina sniderier någon annanstans".

"Hur skall det gå med alla specialodlingar av exotiska
växter", undrar Mitt Jägermeister.

"Enligt mitt sätt att se på det så är Skalleholms odlingar
unika och borde bestå. Jag har tänkt igenom detta och min
önskan är att trädgårdsmästaren Pigge Fikonkvist tar över
som ansvarig för alla specialodlingar", säger Winnar med
myndig röst.

"Jag kommer att framföra det till Esmeralda. En tanke som
jag har är att inte släppa kontakten helt med

trädgårdsmästeriet utan även i fortsättningen uppmuntra till fortsatt verksamhet för att kunna ha tillgång till vissa växter som jag är intresserad av", fortsätter han.

"Vart skall ni flytta", undrar Mitt.

"Jag har sökt och fått arbete på en högskola i huvudstaden. Min inriktning kommer att vara kemi kopplat till växtodling. Dessutom har Viola och jag kommit överens om att samarbeta. Hon har under senare tid startat specialodlingar av exotiska växter på huvudstadens största trädgårdsmästeri. Vi kommer sedan att starta ett företag som säljer smak- och doftämnen. Chef för det företaget blir förre inspektorn på Skalleholm, Lager Blad", säger Winnar.

"Finns det något jobb för mig i sammanhanget", undrar Kottfrid.

"Kanske. Det är ännu för tidigt att ta ställning till det. Men jag skall ha dig i åtanke", kontrar Winnar.

"Finns det arbete för mig också", säger Vidar och Mitt i munnen på varandra.

"Om så är fallet så återkommer jag till er", säger Winnar.

"Men familjen då", undrar Mitt.

"Vi håller på att söka bostad i huvudstaden. Barnen har blivit så stora att det snart är dags för högre studier och det är bara i huvudstaden som man har tillgång till det. Sannolikt

kommer Kal att fortsätta studera kemi som han brinner för",
säger Winnar.

Ytterligare frågor besvaras av Winnar innan han avslutar sitt
informationsmöte och beger sig till slottet för att berätta för
sina åldriga föräldrar och slottspersonalen om sina planer.

Greve Diedrik och friherrinnan tycker att det är tråkigt att
Winnar lämnar Skalleholm men ger sitt samtycke till hans
fortsatta planer. Esmeralda ser det som ett problem mindre
men Balthasar protesterar och säger att Winnars närvaro är
helt nödvändig för Skalleholm i framtiden.

En tid senare tar Winnar och hans familj avsked av
Skalleholm. När de färdas genom byn står alla anställda
utmed gatan utanför husen och vinkar med snusnäsdukar och
en och annan tår kan skymtas i ögonvrån. Slutligen ser man
bara bakdelen av den sista hästkärran i kortegen som lämnar
Skalleholm.

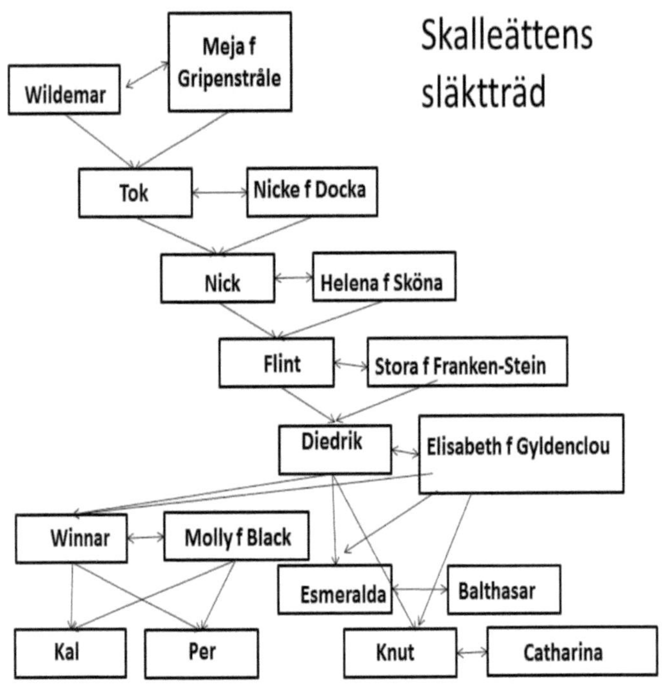

Skalleättens släktträd
Wildemar
Meja f Gripenstråle
Tok
Nicke f Docka
Nick
Helena f Sköna
Flint
Stora f Franken-Stein
Diedrik
Elisabeth f Gyldenclou
Winnar
Molly f Black
Esmeralda
Balthasar
Kal
Per
Knut
Catharina